"Esté Nisman o no esté Nisman, las pruebas están",

Alberto Nisman.

SUICIDADO:

EL ASESINATO DEL

FISCAL ALBERTO NISMAN

G. M. BRACESCO

SUICIDADO:

EL ASESINATO DEL

FISCAL ALBERTO NISMAN

Martinez Bracesco, Gabriel
   Suicidado : el asesinato del fiscal Alberto Nisman . - 1a ed. - Avellaneda : el autor, 2015.
   301 p. ; 22x15 cm.

   ISBN 978-987-33-7941-3

   1. Narrativa Argentina. 2. Novela Policial. I. Título
   CDD A863

17 de marzo de 2013

Agencia de Noticias de la República Islámica

Canciller de Irán Ali Akbar Saleni: "Basado en el Memorándum de entendimiento entre los gobiernos de Argentina e Irán, la policía Internacional (Interpol), debería renunciar a tener en alerta roja a cuatro oficiales iraníes" (el Ministro de Información Alí Falahian, el jefe de las Guardias Revolucionarias Mohsen Rezai, el agregado cultural de la Embajada de Irán en Buenos Aires Mohsen Rabbani, el Secretario de la Embajada de Irán en Buenos Aires, Ahmad Asghari).

A **Damián Pachter**, colega y amigo. Por romper las viejas reglas y darnos la oportunidad de la elección del conocimiento, antes que todo oscurezca.

A mi familia. Gracias a ellos, la vida me colocó frente a la noticia.

A las personas que colaboraron, a través de crowdfunding, para la edición y primera impresión de este libro que me llena de orgullo. Muchísimas gracias.

Prólogo

Suicidado es una hipótesis personal de lo que sucedió con el Fiscal Alberto Nisman. Es difícil catalogarlo, ya que contiene elementos de los relatos periodísticos, las novelas de ficción policial y las investigaciones periodísticas.

Este libro no busca justicia. Aquí se cuenta una historia de poder, ambición desmedida e impunidad estatal. Un velado incidente que quedará en la memoria de todos los argentinos, donde no hay buenos, sólo malos.

En las investigaciones judiciales de Argentina rige una ley similar a la Teoría General de la Relatividad. Tal como la masa dobla y estira el tiempo y el espacio, aquí, el poder dilata y degenera las causas e investigaciones que le son adversas. Mientras más tiempo pase, hay más chances que la opinión pública se aburra del tema y el crimen quede impune. Con un gran número de artilugios, aprietes, personas entrenadas y trucos desarrollados durante décadas de impunidad gubernamental, pueden pasar meses, años o nunca conocerse pruebas o elementos determinantes que podrían haber sido descubiertos por pericias básicas o la observación de fiscales o jueces en los primeros instantes de las causas. Mientras tanto, un sinfín de pistas falsas se generarán desde el Gobierno y sus aparatos de inteligencia y comunicación, tirándolas a gravitar o colisionar con el gran problema, hasta desgastarlo. Algunas funcionarán y otras, simplemente, se evaporarán apenas toquen la atmósfera de la causa, por su propia inestabilidad.

Escribir sobre policiales en el Conurbano, donde millones de personas viven al margen de la Ciudad de Buenos Aires con poca o casi nula presencia del Estado, me dio el ejercicio para aprender a distinguir cuando una muerte tiene un contexto poco claro detrás. Los policías a cargo del caso y los peritos comienzan a contradecirse en datos básicos como los horarios de llegada de los oficiales, fallan en llevar a cabo pericias que realizan todos los días u olvidan los procedimientos rutinarios.

El encubrimiento siempre tiene cara de incompetencia e ineptitud. Como toda regla, también tiene sus excepciones. Las personas ligadas al poder político, el sistema judicial y los sistemas represivos de la Policía e Inteligencia saben cómo funciona el ocultamiento y que deben ser parte de ello, o sufrirán el escarmiento durante su probable corta carrera en la fuerzas. Pero la gente normal no lo sabe. Siempre es un vecino, una persona que pasaba por la escena del crimen, un médico, un cerrajero o un testigo quien rompe la maraña de encubrimientos y logra que la sociedad pueda ver un destello de luz en un océano de oscuridad, aunque sea instantes antes de que el miedo a la masiva gravedad del poder los devore.

Charco de Sangre

Enero suele ser tranquilo para los que hacemos periodismo policial. Por ahí, lo peor de esta época en esta actividad es tener que cubrir a compañeros de labor y colegas de otros medios, que se van en manada, con sus familias, a las frías costas del Atlántico en Buenos Aires, Uruguay y el sur de Brasil. Sé su destino porque suben esas odiosas fotos de paradísiacas vacaciones que luego, buceando un poco, no suelen ser tan agradables. Mentirosos.

Las multitudes se habían replegado de Buenos Aires en todas direcciones. La ciudad es hermosa en enero. Las personas son uno de los pocos males de esta gran urbe. Recorrerla y vivirla sin tantas almas alrededor es una agradable experiencia. Eran las 12:30 de la medianoche del lunes 19; las calles se habían tomado vacaciones del caos. Los conflictos y las cicatrices sociales parecen cerrarse por este tiempo en que creen que escapan de la rutina, aunque en realidad se van a hacer las mismas colas y a embotellarse en el mismo tráfico, pero otros lugares. O quedar bien ocultos.

Como decía, era el final de otro día de trabajo normal. Acababa de llegar a mi casa luego de haber estado redactando noticias durante todo el día. Escribir, chequear información, investigar datos, buscar fotos, pelear con el editor y volver a chequear. Noticias que, sinceramente, ya no recuerdo.

Tomé un taxi hasta Avellaneda, una vieja ciudad industrial venida a menos y anexada al sur de Buenos Aires. La situación de la seguridad en esa zona no es la mejor. Varios vecinos sufrieron entraderas a sus viviendas, así que es mejor gastar unos pesos de más en un traslado puerta a puerta y no terminar perdiendo todo lo que llevamos en los bolsillos en la parada del colectivo.

Ese día abrí la puerta principal pensando en que al fin había llegado el anhelado momento en que podía sacarme los zapatos y caminar descalzo sobre piso de madera. Me tiré sobre el sillón, cerca de un enchufe. Lo que más me preocupaba era ese manchón de humedad que aún hoy crece en el ángulo izquierdo del techo. Tenía que juntar fuerzas para pintar, otra vez, con esa membrana líquida que queda durante días en las manos y no me permite sentir el choque de las teclas con los dedos.

Tal vez, cocinar algo, poner a descongelar un pollo o llamar a la pizzería.

Por costumbre, saqué el teléfono celular para ponerlo a cargar. Hice un par de movimientos desganados con el pulgar izquierdo y vi pasar un tuit que mi colega y amigo Damián Pachter había sido escrito hacía más de veinte minutos. Maximicé el mensaje y leí como decenas de personas se preguntaban si el contenido del mensaje era un chiste de mal gusto o una cargada.

> **Damián Pachter (@damianpachter):**
> 0:08 - 19 de ene. de 2015
> *Encontraron al Fiscal Alberto Nisman en el baño de su casa de Puerto Madero sobre un charco de sangre. No respiraba. Los médicos están allí.*

Conocía a Damián desde hacía pocos días. Sabía que trabajaba como cronista raso en el diario oficialista en inglés Buenos Aires Herald y que era uno de los elegidos por el Fiscal Alberto Nisman para difundir un resumen de 59 páginas con la denuncia contra la Presidente Cristina Fernández de Kirchner, su Canciller de religión judía, Héctor Timerman, y un par de funcionarios más que integran la tercera línea de su partido. Era un de los pocos colegas que tenía esa información privilegiada, de la que yo carecía. Nadie en mi medio tenía la denuncia y Pachter subía fragmentos de los escritos a Twitter, por lo que empecé a seguirlo, a hablar con él y a intercambiar mensajes, algunos sobre el tema, otros sobre libros o nimiedades. Pegamos onda.

Más tarde, descubrí la verdadera razón por la que Pachter tenía parte de la denuncia de Nisman: también era colaborador del diario Times of Israel. Se lo consideraba uno de los nexos entre la de la comunidad judía en Argentina e Israel. Y el Fiscal necesitaba todo el apoyo posible.

Recé e imploré al cielo tener el número de teléfono de Pachter. Lo tenía agendado, pero como Petcher. Recién aprendí a escribir bien su apellido una semana después.

-¿Qué hacés boludo, es cierto esto que pusiste? - le dije.

-Sí boludo - afirmó una voz con erres patinosas y un acento difícil de sacar, más polaco o alemán que hebreo.

-¿Pero cómo sabés?

-Una fuente recontra confiable mía que estuvo ahí.

-¿Cómo ahí?

-Sí boludo, lo vio a Nisman muerto en un charco de sangre. Me dice que no vio la pistola. Está muerto boludo.

2-Me jodés. Voy para allá. Nos encontramos en la puerta.

-No, no, estoy escribiendo las notas para afuera. No voy a

ir. Andá y chequeá que esto que te cuento es así. Si ves algo, avisame y tratá de chequearlo por tu lado, que a mí me están matando.

-Esto es una bomba. Voy a avisarle a mi jefe que voy para allá, que esté atento.

-Dale, avisame qué ves. Pero seguro que pasó.

-Obvio, te aviso boludo. Abrazo.

Después de esa extraña conversación, Damián escribió este tuit:

Damián Pachter (@damianpachter):

0:40 - 19 de ene. de 2015

Sepan entender que estoy chequeando y rechequeando la información que me está llegando. Gracias.

No era claro, pero creo que se refería a las consultas que hacía con otras personas, y de alguna manera mínima, a ese chequeo que me pidió. Llamé a un taxi. Volví sobre mis pasos y me puse de vuelta los zapatos, que en ese momento del día pesaban una tonelada cada uno. Desde mi barrio de clase media baja fui, en diez minutos, hasta uno de los lugares más nuevos y caros de la ciudad: Puerto Madero. Cuando estaba subiendo al auto, tomé coraje y llamé al director de mi diario. Fue algo totalmente arriesgado e inconsciente, hasta me podría haber jugado mi puesto si la noticia era un bluff.

-¿Disculpame la molestia, estabas durmiendo?

-No, no, decime.

-Parece que murió Nisman.

-¿¡Qué?!

-Sí.

-No puede ser. ¿Estás seguro?

-No, estoy yendo a chequearlo.

-¿Quién te lo dijo?

-Un redactor del Herald que conozco. Tiene una fuente que estuvo ahí y lo vio en un charco de sangre.

-¿Estás seguro? No puede ser. Mañana tiene que ir al Congreso. No puede ser.

-No estoy seguro. Te aviso, llego en minutos.

-Ok, manteneme al tanto.

Miraba por la ventanilla cuando cruzábamos el Puente de La Boca, con Caminito a lo lejos, pensando que no podía ser cierto. Como me había dicho mi jefe, Nisman se tenía que presentar en menos de doce horas en el Congreso para explicar su denuncia ante legisladores del kirchnerismo y la oposición. Había muchas chances de que sea un error.

Pero si era verdad, era la noticia policial de la década y quería estar ahí, en primera persona para ver todo lo que podía llegar a pasar.

Llegué al lugar antes que el Juez, el Fiscal, el Jefe de la Policía Federal y el Secretario de Seguridad. Durante casi dos horas vi, escuché, fotografié, tomé apuntes y relaté en Twitter todo lo que sucedía, antes de la llegada de los medios tradicionales. Y voy a contarte cosas que sólo yo vi y que después de un tiempo prudente de análisis puedo escribir.

El oficio me llevó a hacer una apuesta como punto: podía llegar a perder los 40 pesos del taxi y un par de horas

de un domingo por un mal dato, contra la mínima posibilidad de que ocurriese lo contado en este libro, que espero
lo disfruten tanto como yo al vivir e ir descubriendo todo lo
que sucede en esta novela policial:

Suicidado, el asesinato del Fiscal Alberto Nisman.

Introducción al caos

Ceviche de pulpo, calamar y camarones en Coya, un restaurante de comida peruana que queda en Tucumán y Esmeralda, a una cuadra de la primera Fiscalía que investigó la muerte de Nisman. Mi informante estaba tranquilo y fumaba un puro cubano, mientras leía a la gente que pasaba por un gran ventanal que daba a una calle angosta de edificios de más de un siglo, pero interminables. Siempre vestía prolijo, con cinturones de cuero y zapatos que parecían recién comprados. Cerraba los ojos para dar bocanadas, pero enseguida recordaba que tenía que estar observando todo. Los abría de golpe.

-Sabés como empezó todo esto ¿no?- me dijo mientras me robaba el único camarón pelado que tenía en el plato.

-¿Con la denuncia de Nisman?

-No, esto empezó mucho antes, cuando Milani comenzó su jugada.

-¿Cuándo?

-No conocés la historia ¿no?

-No... no.

-Esta historia empezó así:

-Señora Presidenta, le tengo que dar malas noticias - Esas fueron las palabras del Jefe del Ejército que, de una u otra forma, desencadenaron los sucesos que desembarcaron en la muerte del Fiscal Alberto Nisman. Desde hace un par de años, el Teniente General se encontraba realizando tareas de observación desde la fuerza militar sobre el Servicio de Inteligencia (SI), más conocida popularmente con su viejo nombre: SIDE, Servicio de Inteligencia del Estado.

Eran las dos de la tarde de un día caluroso de primavera de 2014. La reunión se llevó a cabo en la Quinta de Olivos, ubicada al norte de la populosa Ciudad de Buenos Aires, que desde hace ya muchos años dejó de ser una población satélite para colisionar con la expansión incontenible del cemento porteño.

-Debo comunicarle que sus sospechas y las de su hijo eran ciertas. Alguna de nuestra gente más importante en la SIDE no sólo está trabajando para Sergio Massa (ex jefe de Gabinete, devenido en opositor) sino que también no vieron venir esto. No vieron venir la postulación en las elecciones para 2013 ni tampoco esto - continuó el uniformado, mientras sostenía un papel en su mano que le funcionaba como ayuda memoria realizado por su gente de confianza, por si perdía algún detalle importante.

-Ya lo sabía ¿Pero qué es esto? ¿A qué se refiere? - le preguntó la Presidenta, mientras ponía pausa en el control remoto de un inmenso aparato de televisor y acariciaba un cachorro que le habían regalado hacía pocos días.

-Nuestro jefe de Operaciones está involucrado... Jaime Stiuso señora. Estuvo trabajando todo este tiempo a nuestras espaldas junto a la CIA y el Mossad para armar una causa contra los iraníes. Nos mintió en la cara. Hay teléfonos que se encuentran muy afectados y sabemos que tienen a alguna de nuestra gente en audios. Nisman ya tiene las grabaciones y las piensa usar en una causa.

-Ruso hijo de puta.

-Señora Presidenta, no sabemos exactamente que tienen las grabaciones.

-Habíamos arreglado, nos habían dado su palabra, pero no cumplen, no cumplen, no cumplen - decía, mientras golpeaba el respaldo del sillón con su mano recta, como si fuera el cuchillo de un cocinero cortando cebollas de verdeo- Qué calvario. Échelo y a toda la banda de hijos de re mil puta que tiene. Prepárese.

El jefe del Ejército tuvo que contener su felicidad y continuar mostrándose preocupado. Era el momento que había esperado: hacerse con el control de la inteligencia.

-Sí, señora Presidenta.

Las sospechas sobre el agente Jaime se transformaron en la peor pesadilla para el final del segundo mandato de la Presidente. Sería una guerra en donde no sabía en quién podía confiar. Sus soldados en las trincheras se preparaban para saltar al barco del vencedor en las próximas elecciones presidenciales, que se realizarían en menos de un año. Nadie quería quedarse sin poder y desprotegido. La Presidenta estaba segura que el ala profesional de los servicios le habían entregado información privilegiada de sus negocios sucios y los de sus íntimos al Juez Claudio Bonadío y a los fiscales Guillermo Marijuan y José María Campagnoli, entre otros nombres que hasta ese momento desconocía. También les atribuía haber filtrado una amenaza del grupo terrorista ISIS al diario Clarín. Aunque, con el tiempo, el kirchnerismo diría que esa información provino desde la Embajada de Estados Unidos.

-¿Le dijo hijo de puta a Stiuso? - le pregunté a la fuente.

-Fue lo menos que le dijo. ¿Tenés una manía por interrumpir a la gente, no? Pará que te termino de contar. ¿Este ceviche es excelente, no? Me transporta al Océano Pacífico. Hay un pueblo en Chile donde traen todos los autos que los japoneses tiran... no me acuerdo el nombre. ¿Lo conocés vos, no?

-No, ¿qué pueblo?

-No me acuerdo. Bueno, ahí traen autos, camionetas 4x4 que vienen de descarte de Japón y Asia. Son baratísimos, mil dólares los más baratos. Yo me compré una camioneta hermosa por 4 mil dólares, que acá valía como 20 mil. Son ilegales acá, en Argentina. Compré una camioneta chocada, hecha recontra mierda y le pasamos los papeles. La tuve que meter por un camino oculto entre Los Andes. Me sentía José de San Martín. Sabés por dónde te digo ¿no?

-No, no, no sé.

-Al final no sabés nada ¿no?

-No. Sale la Fiscal en cinco minutos a entregar un comunicado, me tengo que ir.

-¿Y vas a dejar el ceviche así?

-Sí.

5 de octubre de 2014

Clarín

...La comisión de la ex SIDE que llegó a Iguazú recibió un dato alarmante sobre un empresario tunecino con intensa actividad en la Triple Frontera. La sospecha se confirmó en horas. El hombre tenía frecuentes contactos con grupos islámicos de la ciudad de Baalbek, en El Líbano. También se comunicaba con actores influyentes de la comunidad musulmana de Chuy, en Uruguay, y Buenos Aires. En una computadora Mac y en un Iphone del tunecino "se hallaron instrucciones de amenazas contra la Presidencia de la Nación".

Nunca se mencionaba a Cristina Kirchner. Igualmente, el hallazgo encendió las alarmas. A su vez, la información fue cruzada con servicios de inteligencia de Estados Unidos, que le otorgaron entidad.

La Embajada de ese país en Buenos Aires estuvo informada desde un primer momento, y sigue trabajando en la pista del tunecino, muy vinculado a otro personaje muy observado en la Triple Frontera que administra la galería Page de Ciudad del Este. En los últimos días, hubo reuniones entre funcionarios de esa delegación diplomática y representantes de Delitos Complejos de la Policía Bonaerense para "intercambiar información", pudo saber este diario.

La filtración, publicada en Clarín, de la investigación sobre el empresario tunecino que vivía en la Triple Frontera como supuesto exportador de madera, enfadó a Cristina Kirchner. "Realmente que vengan a crearnos toda una historieta acerca que el ISIS me anda buscando a mí para matarme o hacer algo ... por favor que no vengan a armar ninguna novela", se quejó en su discurso del martes en la Casa Rosada. Acto seguido, ensayó la teoría de la amenaza "del Norte", calificada de "inverosímil" por el Departamento de Estado.

El reto en público desencadenó una interna feroz y una caza de brujas en la Secretaría de Inteligencia. Cristina también sospecha que la información se filtró desde la Embajada de Estados Unidos.

En privado, la Presidenta le hizo llegar su bronca al titular de la SI, Héctor Icazuriaga, uno de sus hombres de máxima confianza....

Descabezados

El 16 de diciembre de 2014, la Presidenta echó a la cúpula del Servicio de Inteligencia (SI). El Señor 5, Héctor Icazuriaga; El Señor 8, Francisco Paco Larcher y el Jefe de Operaciones, Antonio Horacio Jaime Stiuso, fueron desplazados para colocar como líder a su amigo personal Oscar Parrilli, ex Secretario de la Presidencia y participante de la mesa chica del Gobierno, y como alfil a Juan Martín Mena, ex Subsecretario de Política Criminal del Ministerio de Justicia, con gran conexión con la juventud kirchnerista: La Cámpora.

El ocaso de Héctor Icazuriaga era previsible: se hizo fuerte en Santa Cruz, el lugar donde nació el poder de la Presidenta y su ex marido, desde donde construyeron su imperio. Ganó su confianza y cuando la pareja asumió el control del país, fue premiado con Inteligencia, donde su inoperancia nos llevó a una crisis jamás vista. Su trabajo consistía en realizar informes y carpetas de políticos opositores, periodistas, empresarios y activistas contrarios a los objetivos del Poder Ejecutivo. Sin embargo, nunca logró tomar el control de los servicios, que funcionan con un centro de gravedad propio, a través de la "Cadena de la Felicidad" con fondos inagotables. "Cadena de la Felicidad" que se desquebrajo por causas desconocidas. Esta consistía en sobornos a través de un aceitado sistema de valijas, que están dirigidos a jueces, fiscales, abogados y medios propios y extraños para que sean benévolos para con el Gobierno de turno.

Su segundo, Larcher, era un agente de carrera y manejaba los verdaderos hilos de la Secretaría de Inteligencia. Además, sostuvo por algún tiempo el contrapoder del Jefe del Ejército, que cada vez colocaba más militares dentro de la casa de los espías argentinos. Para algunos agentes, esta sería la mayor intromisión del brazo armado en el Gobierno civil desde el último golpe militar de 1976.

El Señor 8, Larcher en la vida civil, cayó en desgracia por no aceptar una orden directa de la Presidenta de sacar del juego al Juez Claudio Bonadío, quien investiga un aceitado sistema de lavado de dinero de la familia presidencial a través de hoteles que tienen en la Patagonia, que casi no tuvieron habitaciones disponibles durante la década kirchnerista gracias a las reservas realizadas por empresas estatales y empresarios que ganaban licitación tras licitación para la realización de obra pública.

-Sacámelo de encima al Juez Bonadío– dijo la Presidenta al Señor 8.

-Recúselo en los Tribunales - respondió el segundo rango de Inteligencia.

-Usted sabe a lo que me refiero, Larcher.

-No la entiendo.

-Sí que me entiende. Es una orden.

-No, explíquese.

-Sí me entiende.

-Ponga su orden por escrito. No voy a cargar con ese muerto. Hasta luego.

La Presidenta lo miró con ojos furiosos. Cada vez eran menos los que seguían sus designios y eso la malhumoraba. Estaba perdiendo poder. Luego de esa pequeña y escalofriante discusión, Larcher dinamitó todo lo que tenía. La orden que se le había dado cruzaba todos los límites del statu quo y podía desatar una guerra que no tendría fin. El

Señor 8 sabía que sus días gravitando en el poder estaban contados, pero prefería irse antes que desatar la contienda, que estaba por comenzar más temprano que tarde. Larcher había llegado a la SIDE en 1985. La mitología dentro de La Casa afirma que consiguió el puesto buscando trabajo en los clasificados de los diarios.

El 16 de diciembre de 2014, Icazuriaga, Larcher, Stiuso y su mano derecha, el Jefe de Análisis de la SI, Alberto Mazzino, fueron desplazados, junto a más de 200 agentes que les respondían. Desde el Gobierno, a este cambio se lo presentó como una cruzada anticorrupción, para ocultar el descontrol y la falta de autoridad del Ejecutivo sobre la agencia. La ex SIDE pronto volvería a cambiar de nombre, en una lavada de cara que no duraría mucho. El mayor vencedor será el Jefe del Ejército, que tendrá una caja negra de 450 millones de pesos (unos 55 millones de dólares inconseguibles al cambio oficial) para hacer Inteligencia, y la incorporación de agentes fieles en puestos claves de las otras agencias de espionaje del Estado. Gerardo Pocino, que hasta el descabezamiento era el Jefe de Reunión Interior de la SI, también ganó poder, ya que le reportaba directamente al Teniente General César Milani. La cadena de información seguía en la mano derecha de Cristina, Carlos Zannini, Secretario Legal y Técnico de la Presidencia.

El quiebre entre la SIDE y la Presidenta tuvo como puntos cúlmines tres sucesos: la firma del pacto con Irán, que desquebrajaría los cimientos de la colaboración entre la inteligencia local y las demás agencias internacionales occidentales, empezando por la CIA y el Mossad. Pero, principalmente, se debió al asesinato del agente Pedro Lauchón Viale, oficial de Inteligencia contra el narcotráfico y amigo de Stiuso, acribillado en un poco claro allanamiento antidrogas del Grupo Especial Halcón de la Policía Bonaerense. También tuvo algo que ver una entrevista que brindó Stiuso a la revista Noticias tres días antes de la purga, cuando el agente ya sabía que estaba fuera de la fuerza.

La última gran limpieza del espionaje se había realizado en 2001, cuando más de mil espías fueron expulsados de la SIDE y pasaron a la actividad privada. El Gobierno del radical Fernando De la Rúa no duró mucho: por más errores propios que presiones externas, caería en diciembre de ese año, con la propia Cristina Fernández de Kirchner exigiendo su renuncia, junto a sus compañeros peronistas. Pero, para el relato oficialista, eso no era golpismo de Estado.

En 2004, durante los albores del Gobierno de Néstor Kirchner, el Ministro de Justicia y Derechos Humanos, Gustavo Béliz, mostró el legajo de Antonio Horacio Stiuso en el programa Hora Clave, del periodista Mariano Grondona. Lo señaló como el Jefe de la Inteligencia en el país y quien estaba embarrando la causa AMIA al declarar a favor de la pista Siria para quedar bien con la por entonces primera dama. Ella quería utilizar ese testimonio para atacar políticamente al ex Presidente Carlos Menem. Béliz no duró mucho en su puesto y fue despedido por teléfono por Kirchner. Tuvo que exiliarse y afrontó un juicio por revelar secretos de Estado (en este caso, la cara de Stiuso). El caso se encuentra en la Corte Suprema de Argentina.

Los servicios de Inteligencia dependientes directamente del Estado son dos: la SIDE, de origen civil y la SIE, el Servicio de Inteligencia del Ejército, que antes de la llegada del nuevo jefe sólo se dedicaba a las actividades y relaciones con las embajadas, administraba las contribuciones con militares del exterior y era comandada desde el Palacio San Martín. Debajo de estos se encontraba la Comunidad de Inteligencia, integrada por el subcomando del Señor J2, amo y señor del Servicio de Informaciones de la Fuerza Aérea (SIFA) y el Servicio de Inteligencia Naval (SIN), cada vez con menos poder. Durante el nuevo Gobierno también se comenzó a gestar una base de datos de manifestantes y organizaciones sociales que realizan protestas y piquetes, realizada por la Inteligencia de la Gendarmería Nacional Argentina, conocida como Proyecto X. En el nuevo esquema diagramado por el Jefe del Ejército y la Presidenta, Gendarmería sería la encargada de las investigaciones y la represión, mientras que la Prefectura Naval Argentina se encargaría de los peritajes. El Servicio Penitenciario Federal serviría para obtener datos de presos, a cambio de facilitar certificados de buena conducta para salidas anticipadas de prisión y mejoras de estadía en las cárceles.

El gran perdedor de todas estas jugadas es la Superintendencia del Interior de la Policía Federal Argentina, que hasta la década de los 90 manejaba las escuchas telefónicas requeridas por la Justicia y que luego del descubrimiento de una banda integrada por efectivos de la fuerza, las grabaciones pasaron a la SIDE, que las utilizó contra políticos y empresarios considerados enemigos por la Presidenta.

13 de diciembre de 2014
Revista Noticias
Entrevista a Stiuso, por Rodis Recalt

-¿Cómo está la relación con la Policía Bonaerense?

-Con la Bonaerense normal, ¿por qué?

-Por el asesinato del Lauchón Viale.

-Bueno, pero eso es un problema de los (policías) que están presos y que entraron ahí de esa forma. Problema de ellos.

-Pero las fuentes dicen que usted está muy enojado con la Bonaerense porque mataron un hombre suyo, El Lauchón.

-Cualquiera estaría enojado. No es porque fuera un hombre mío o no. Es una persona. Si vos extrapolás el método ese a cualquier ciudadano común o a cualquier delincuente común, me parece que no va. Creo, ¿no?

-¿Busca vengarse de los responsables del asesinato?

-Si vos matás a alguien, la misma Justicia tiene que mandarte preso. No importa lo que se tarda. Si te arman un operativo para entrar a tu casa a matarte, es un tema que no me tendría que preocupar a mí nada más. Otro día te eligen a vos y punto.

No hay que quedarse con que fue El Lauchón, hay que mirarlo con el método. Hay que analizar el método que utilizaron. No sé si me explico, porque si vos leés el fallo del Juez que mete en cana a los policías, no había escucha, no había motivo para ir, no había esto, no había lo otro? o sea, te está diciendo: está armado.

-Nosotros tenemos un estatuto público en el que dice que para jubilarse hay que tener 30 años de servicio y más de 65 años de edad. Esas son las dos condiciones. Tengo 43 años de servicio, pero todavía me falta para los 65.

-¿Cuándo entró a trabajar a la Secretaría de Inteligencia?

-Yo entré en el '72, en diciembre, y al poco tiempo vino la democracia y a mí me efectivizó el gobierno democrático de Perón.

-¿Con qué puesto entró?

-Yo entré como empleado contratado, tenía 18 años. Era administrativo, porque en esa época era todo militar. Los civiles éramos todos administrativos.

-¿Por qué hay tantas internas en la ex SIDE?

-No sé. No sé quién se dedica a hablar de internas. Yo acá me dedico a laburar. No ando pelotudeando con internas.

-¿Está enemistado con el General César Milani?

-Yo a Milani no lo conozco personalmente, ¿cómo voy a estar peleado con Milani?

-En relación con la Inteligencia militar, ustedes tuvieron mucho menos aumento de presupuesto.

-A nosotros no nos redujeron el presupuesto. Escriben cualquier pelotudez.

-¿Con Fernando Pocino, Director General de Reunión

de la Secretaría, cómo está la relación?

-Pocino está con lo de él, ¿qué tiene que ver?

-Siempre se dijo que usted tiene una interna con Pocino.

-Yo no tengo ninguna interna con él. La tendrá Pocino conmigo.
Yo tengo bastantes quilombos con los laburos que tengo que hacer, más todo lo que me toca en la Justicia. Lo especifico de acá más lo que te manda la Justicia.

-¿Cómo está su relación con Icazuriaga y Larcher, jefe y vicejefe de la ex SIDE?

-¿Cómo me voy a llevar? ¿Cuál es el problema?

-Las fuentes dicen que la relación es tensa.

-Las fuentes deben estar trastornadas. Acá estamos laburando.

-¿Le molestó que Cristina haya dicho por cadena nacional que se había enterado de las amenazas de muerte del ISIS por los diarios en vez de por ustedes?

-Eso fue otra cosa. Ahí inventaron lo del tunecino. El tunecino ese (del que habló el diario Clarín) no existió. Fue una farsa. ¿Por qué nos vamos a molestar? Era todo irreal. Lo del ISIS es cierto. Esos mails con amenazas llegaron, pero lo del tunecino y lo de la Triple Frontera es un invento, que evidentemente debe estar hecho por alguien con algún interés, pero no da con la realidad. Lo que dijo (Cristina) fue porque se tendría que haber enterado por nosotros. Y por nosotros no se iba a enterar porque no existió lo del tunecino.

-¿Está de acuerdo con el Memorándum de Entendimiento con Irán por la causa AMIA?

-Esos son temas de Estado y yo no puedo opinar.

-¿Le molestó que hayan llegado a un acuerdo?

-Pero a mí no me molesta, ¿por qué me va a molestar? ¿Qué acordaron con Irán? No acordaron nada. Además yo tengo que hacer mi laburo y listo.

-¿Quién atentó contra la AMIA?

-Esos temas son secretos de Estado. Yo no te puedo decir a vos quién voló la AMIA, porque yo dependo de lo que tengo que informar a la Justicia.

-¿Pero usted sabe quién voló la AMIA?

-No es que yo sepa, yo tengo que laburar y presentar las cosas. Eso no te lo puedo decir a vos.

-¿Tiene miedo de que lo maten?

-En los trabajos que me ha tocado hacer a mí en todos estos años, ¿a vos te parece que yo puedo tener miedo de que me maten?

-Dijo que la última amenaza que recibió y que va a presentar en la Justicia es muy pesada.

-No, vos me preguntaste cómo eran las amenazas y yo te dije que todas terminan en la muerte. No me entendiste.

-Sí lo entendí pero nunca antes se había publicado que lo amenazaban.

-Pero eso ya venía de hace más de un año. Hasta mi familia está acostumbrada a las amenazas. Mi familia ha recibido bombas en la casa, en otros años. No ahora, ni con este Gobierno. Miedo a la muerte de qué. Ahora, eso no quita que manden boludeces, pero miedo a la muerte no podía tener. No podrá haber hecho los trabajos que hice en estos 30 años si tuviera otras tareas. Que no son las que dice el pelotudo este de Bonasso, que yo andaba con la Dictadura y todas las pelotudeces que dice él.

La denuncia del Fiscal Alberto Nisman

-¿Cuál era Nisman?- pregunté, mientras entraba a la redacción del diario un poco dormido, despeinado, con la ropa arrugada y golpeando el piso con mis zapatos de suela de cuero. Me quedé parado frente al escritorio esperando la respuesta, con una mano ojeaba el diario que había agarrado en la puerta y con la otra prendía la computadora, que se empeñaba en no arrancar.

-Es el Fiscal Especial para la causa AMIA. Lo pusó ahí Néstor Kirchner, esposo de la Presidente allá por 2005, para que investigue la pista iraní, pero después le quedó de clavo a Cristina, que cree más en la bomba siria. Nunca hizo nada. - me respondió Ariel Merca, un joven periodista cooptado por ideas de izquierda, que en sus ratos libros ejerce como asesor de prensa del trotskista Partido Obrero y de poeta.

El calor era agobiante y la chapa del techo levantaba temperatura, pese a que el cielorraso contenía la lenta cocción. Una puertita de chapa hacia la nada, por la que entraba el aire caliente del norte, era el único contacto con la realidad.

-¿Y la conferencia para qué fue?

-Debe haber encontrado alguna forma de indagar a los iraníes. Ni idea.

Eran las 11.15 del 14 de enero de 2015. Ahí estaba Alberto Nisman, peleando contra los molinos de viento más grandes de los que tenga memoria viva. La primera impresión que da es la de un hombre narcisista y con algunos retoques estéticos en la cara. El nudo de la corbata perfectamente mantenido en el cuello, su pelo perfectamente peinado y perfectamente bronceado.

-No me causa gracia tener que hacer esta imputación contra la Jefa de Estado. Desearía no acusar, pero tengo las pruebas. Y si no las presento, cometo un delito. La documentación y las escuchas son tremendamente voluminosas – dijo el Fiscal, visiblemente sobrepasado por la cantidad de micrófonos que lo rodeaban e intentaban captar su denuncia.

Decía tener dos años y medios de escuchas entre el piquetero y exfuncionario kirchnerista Luis D´Elía, el líder del movimiento de ultraizquierda Quebracho, Fernando Esteche y supuestos agentes iraníes para realizar un pacto de impunidad para los sospechosos de haber organizado el ataque a la mutual judía.

Con el paso del tiempo y con el poder de la billetera, D´Elía y Esteche pasaron de las protestas durante la crisis de 2001 a ser financiados por el propio Gobierno, para utilizarlos como fuerzas de choque.

Nisman no sabía explicar bien de donde habían salido las escuchas. En un principio, esbozó que las grabaciones se realizaron desde un teléfono celular de un agente iraní que estaba siendo vigilado desde el 2005. Sin embargo, los rumores entre periodistas decían que fueron aportadas por la CIA y el Mossad, que colaboraban con la SIDE codo a codo para tratar de encontrar a los culpables de la voladura de la AMIA.

Para presentar esta denuncia, Nisman había vuelto tempestivamente desde Europa el 12 de enero, acortando unas supuestas vacaciones con una de sus hijas, para festejar su cumpleaños número 15. Durante la feria judicial argentina, que se da en el mes de enero, habían estado en

Londres y Amsterdam y su próximo destino era Andorra, vía España, para finalizar en París. Pero una vez en el aeropuerto de Barajas, Nisman dijo que tenía que volver a Buenos Aires de apuro y dejó a su hija sola en el vip de Iberia para que la vaya a recoger su madre, la Jueza de San Isidro Sandra Arroyo Salgado, que también se encontraba vacacionando en Europa.

Luego de una pequeña victoria en la guerra constante por la temperatura de la redacción con Ariel Merca, el aire acondicionado se prendió y la búsqueda de información se volvió frenética. El atentado a la Mutual Israelí Argentina (AMIA) de 1994 había sido el ataque más sangriento en la historia del país: 85 personas murieron por aquella bomba en el barrio de Once, corazón de Buenos Aires.

Por la noche, Nisman dió una entrevista televisiva. Periodistas y políticos se paralizaron frente a las pantallas. Sería la última vez que se le realizara una nota al Fiscal Especial.

Al otro día, se filtró a diversos medios un resumen de 59 páginas con algunos puntos sobresalientes de la denuncia y las transcripciones de algunas comunicaciones entre dos piqueteros líderes de organizaciones para kirchneristas de acción directa en las calles de Buenos Aires; el agente iraní nacido en argentina y líder islámico, Yussef; uno de los supuestos cerebros de la bomba que se encuentra en Irán, el Sheik, y un espía inorgánico de la ex SIDE.

La primera que salió a la opinión pública fue algo así:

-Hola...

-Hola Luisito, Yussef.

-Ahhh, Yussef, ¿cómo te va?...

-Bien, vos.

-¿Bien, muy bien, vos?

-Bien, mirá, escuchame, mañana nos vamos a juntar, tenés para anotar.

-Sí, dame a ver.

-Bonpland 1828.

-1828...

-Palermo, es Bonpland y El Salvador.

-¿Qué piso?

-No, no, es una casa. Ahí vamos a almorzar. Al mediodía, ¿a la una te parece?

-Dale, a la una estoy ahí.

-Listo, y el otro punto, escuchame, por la dudas que te llamen hoy los medios o alguno, tené perfil bajo por 10 días por lo menos, yo sé porque te lo digo...

-No, no, me dijo Parrilli recién.

-Porque me acaban de llamar y me dijeron porque están enardecidos los de la vereda de enfrente...

-Yo tengo un problema, tengo programa hoy, no puedo no hablar.

-No queremos que nuestros jugadores corran riesgo de nada, ni que le rompan las bolas.

-Bueno perfecto

-Listo, perfecto, a la una nos vemos ahí, un abrazo.

-Dale, un abrazo.

-Chau.

Esa sería la primera de más de 40 mil grabaciones que tenía Nisman en su poder, que finalmente no llegó a desgrabar en totalidad. Pero eso, es parte de otro capítulo.

14 de enero

Canal TN

Frases del Fiscal Alberto Nisman, A Dos Voces por Gustavo Alfaro

Entendí que en los casos de la señora Presidenta y el Canciller había elementos muy concretos.

Antes que nada quiero aclara que el Gobierno de Néstor Kirchner es quien más a hecho desde el punto de vista político de apoyo a la Unidad Fiscal AMIA para el tema del esclarecimiento de este atentado. Lo que a ocurrido en este último tiempo con la Presidenta CFK no es distinto al Gobierno de Néstor. Es totalmente opuesto. Ha habido un cambio radical, ha habido una alianza con los terroristas.

El Memorándum se firma en 2013 y se lo plantea como el inicio de un proceso de una negociación para destrabar la causa, eso es una gran mentira. La firma del Memorándum es la finalización de un proceso de impunidad que empieza dos años antes.

En enero de 2011 la Presidenta CFK le ordena a su Canciller que hay que desinvolucrar por los motivos que ahora voy a explicar a Irán de la causa AMIA.

El motivo que buscaba Argentina era acercarse geopolíticamente a Irán, por otro lado restablecer relaciones diplomáticas y ante la severa crisis energética que sufría Argentina comprarle petróleo a Irán y que Irán compre eventualmente granos, que es inviable en la medida que subsistan las acusaciones por la causa

AMIA, entonces hay que borrar estas acusaciones.

Me enteré por escuchas cosas de la causa que yo no sabía.

Nada de lo que se hace acá es sin la directiva expresa de la Presidenta.

La Secretaría de Inteligencia mantenía permanentemente informado y negociaba con Rabbani.

Larroque era el intermediario entre D'Elia y Cristina Kirchner. Larroque es la voz de Cristina en todo esto.

Esto no me causa gracia, pero es lo que me toca hacer y tenía que hacer.

Yo acá tengo una prueba que si yo como Fiscal no la presento cometo delito y por eso se la presento a un Juez.

Pido la prohibición de salir del país de Esteche y D'Elía.

El tema de Luis D'Elía fue fundamental, interviene en prácticamente todo, primero en el plan de impunidad, en las negociaciones para llegar al acuerdo por el tema del comercio.

Hubo acuerdos con Irán que prueban las mentiras de Timerman.

La diplomacia Argentina engañó al mundo. En la ONU en 2013 el discurso de la Presidenta dice 'queremos que Irán nos diga si el acuerdo se aprobó, cuando se va reunir la Comisión de la Verdad y cuando va a viajar el juez.

En las escuchas Irán admite y se jacta de que cometió el atentado.

La SIDE negociaba con Mohsen Rabbani. No sólo con el Estado que protege a los terroristas, sino también con los terroristas.

Se busca por una cuestión política borrar una causa de un crimen de lesa humanidad.

Stiuso hacía absolutamente todo lo que yo le pedía.

Con quien coincidía muchas veces y tenía muchísimas discrepancias. Stiuso en un excelente profesional. No tengo dudas, pero a veces Stiusso como todo hombre de inteligencia venía y me decía "tengo ésta prueba, en tal hecho participó fulano" y la explicación que me daba cuando me hablaba era coherente, la prueba la daba un informante de la triple frontera, "pero escúcheme, para inteligencia es bárbara ésta prueba, yo tengo que ir ante un tribunal, me sacan corriendo, que digo me lo dijo el señor Stiusso" y se generaban discusiones. Yo solamente validaba jurídicamente lo que le podía dar validez judicial.

Esto va a llegar a buen puerto, pero va a llevar tiempo.

Las escuchas de Yussef Khalil

Alejandro Yussef Khalil tenía su teléfono intervenido por ser una de las personas que mantenía contacto con Mohsen Rabbani, un clérigo chiita ex agregado cultural de la Embajada de Irán en Argentina y acusado como uno de los cerebros de la voladura de la AMIA. La idea de Nisman y sus asesores de Inteligencia era seguir los viajes secretos del Sheik, cuando viajaba fuera de Irán de forma ilegal y atraparlo en algún país que tenga colaboración con la CIA y el Mossad. Pero las escuchas revelaron que algo más se estaba cocinando, por las conversaciones que mantenía con Luis D´Elía, piquetero y lobbista proiraní dentro del Gobierno kirchnerista.

Yussef era el Secretario General de la mezquita At-Tauhid del barrio porteño de Flores y tenía una sospechosa empresa de importaciones, Oriental Bok, indicada como una fachada para la compra y venta de dólares en el mercado negro, sobre todo para la comunidad islámica, que tenía problemas para recibir y mandar divisas al extranjero. Este emprendimiento decía dedicarse a la importación y exportación, pero no hay una sola transacción comercial oficializada en los registros.

El hombre pertenecía a la familia Jamad, clan que hace un siglo se asentó en el límite entre la Pampa Húmeda y la Patagonia, formando un imperio comercial en esa zona.

Los audios del teléfono de Yussef dieron información, como que Allan Bogado tenía una grabación de como se realizó el atentado a la AMIA:

-Hay una reunión una vez al año en la Interpol que evalúan todos los pedidos internacionales, para no seguir teniendo tantos porque si no no hay sistema que aguante y evalúan quiénes son los verdaderamente poronga que hay que buscar y quién no. La verdad que no da para que Interpol nos siga teniendo como buscados y me dicen que Interpol viene para atrás, que van a levantar eso – informa Bogado sobre la posible caída de las notificaciones rojas.

-Y eso es bueno – responde el agente iraní.

-Y sí, pero la causa acá seguimos quedando para el culo.

-Nosotros tenemos un video del atentado y...

-Escuchame no hablemos tanto por teléfono.

En esas escuchas hablan sobre el robo de 300 fusiles de guerra argentinos FAL:

-Me tengo que ir a La Pampa. Me entraron a chorear en el campo, me robaron todo. El vecino fue a hacer una denuncia que le robaron las armas y parece que a mí también. Todo, los 300, todos los "FALs" que había, aparentemente se robaron todo. Nadie me atiende. No me puedo comunicar con nadie – dice Yussef.

-Tranquilo. No hay lastimados. ¿Llamaste al "Skum"? - lo tranquiliza Bogado.

- No, porque no sé bien de qué se trata ¿El "FAL" de ese están limpios, no? Los que no están limpios son los otros.

-Mamá, qué quilombo.

En otras llamadas llama a Nisman "hijo de puta" y "demonio". En dialogo con Rabbani, le explica que "están con el tema (Nisman), estamos viendo qué podemos hacer. Estamos re calientes".

El plano geopolítico dentro del Gobierno argentino queda marcado en este audio judicial entre Yussef y Bogado:

-¿Cómo anda, master?- saluda Bogado.

-Todo bien. Dos cositas. Bah, una en realidad. ¿Cómo ves el cambio que hubo en el Gobierno? La ida de la mujer (la ex Ministra de Seguridad, Nilda Garré).

-Pero no hubo cambio.

-¿Cómo no? ¿No sacaron dos Ministros?

-Pero hubo cambio de nombres, no de situaciones.

-El cambio de nombres, especialmente el de la mina, ¿Cómo lo ves?

-Y... Para nosotros adentro, desde donde yo trabajo, es complicado. Para ellos es lo mismo, porque el que estaba laburando es El Loco (el Secretario de Seguridad, Sergio Berni).

-Ah. Mañana quiero tener una charla con vos. En algún momento.

-Te lo digo claro: el Director de Interior nuestro estaba porque es el novio de la hija de la señora que se fue.

-Sí. ¿Pero vos por qué creés que la sacaron a la que se fue? Pregunto eso concretamente.

-Ah, porque ahora viene un tema interno. Ella estaba con su amigo Milani en el Ejército, que tiene su Inteligencia paralela, con un tema de la Policía Aeroportuaria que ahora va a saltar... Nada, mirá (el programa del periodista Jorge) Lanata hoy y cómo hacen para sacar la plata y nadie mira nada en la frontera.

Yussef desapareció después de la difusión de las 40

mil escuchas. Por dos meses, estuvo oculto. El punto de quiebre y su aparición mediática comenzó por una nota de El Diario de La Pampa, donde se develaba que tenía un campo de casi 400 hectáreas en esa provincia, por el que pagaba casi 150 mil pesos anuales de alquiler. En la propiedad sólo había una casa, bastante descuidada. Los lugareños decían que servía de refugio para personas perseguidas y que debían desaparecer durante algún tiempo. La información sacó de sí a Yussef. Furioso, Khalil rompió el consejo de su abogado y decidió llamar a la redacción que dio esa información. Habló a los gritos con uno de los editores:

- ¿Cuánto hace que tenés el campo alquilado acá en La Pampa?

- Desde hace cuatro años y se lo alquilé a la familia Marchisqui, a la hija y a un hermano en realidad que se llama Javier. Son nada más que 365 hectáreas.

- Además de los lazos familiares, ¿qué otros vínculos tenés con La Pampa?

- Soy pariente de la familia Jamad y de la familia Diab, pero quiero aclarar esto que ha salido porque en realidad no quiero generarles ningún problema a ellos. Yo en realidad voy desde los ocho años a La Pampa, desde al año '82, y yo nací en el '74. En mayo del año pasado fui por última vez. Mis abuelas nacieron en Cachirulo y en Naicó. Mi bisabuelo fue policía incluso en la época de Vairoletto. La Pampa es una provincia que amo, tengo a muchos familiares allá y no quiero que queden pegados. Es más, tengo una hija de 23 años que vive allá, que está casada, y que por supuesto está muy apenada por todo esto y es uno de los motivos principales por los cuales acepto esta entrevista...yo no he hablado con nadie ni tampoco lo voy a hacer porque estoy preparando todo legalmente para hacer las cosas bien. Lo que pasa es que acá en este país cualquiera te tira un balde de mierda para ensuciarte y después te dan un hisopo para limpiarte. Yo no ando en negocios raros, eso es así y lo quiero dejar claro. Todo esto que viene saliendo, sobre todo en los medios nacionales, las escuchas y todo eso, hasta me han traído problemas familiares. Me han generado un daño irreparable.

- ¿Quiénes eran tus abuelos, cómo se llamaban?

- Una de mis abuelas era María Salomón y mi abuelo Elías Milhim. Ellos tuvieron el primer surtidor de combustible que hubo en Cachirul, fallecieron en el '83, por eso amo a La Pampa porque es la tierra de mis abuelos. Mis padres viven actualmente en Buenos Aires y están sufriendo mucho los dos por todo esto, incluso mis hermanos que quedaron involucrados también sin comerla ni beberla.

- Antes de hacerte alguna pregunta puntual, ¿querés aclarar algo más de la nota que publicamos?

- Si, una cosa más. Cuando se ventilan unas escuchas mías salió el tema de las armas robadas y pusieron que me robaron un fusil. En realidad hay un error en la transcripción porque yo dije la palabra "fared" que en el árabe coloquial de El Líbano significa revólver. Esa arma no era mía, era de un primo. La denuncia correspondiente por todo eso quedó hecha en la Seccional Quinta de Toay. Incluso ese mismo día que me robaron, también robaron en el campo de al lado que es del contador Abarca. Digo esto porque no hay nada raro. Esto fue en marzo del año 2013, ustedes mismo lo pueden chequear si quieren. Yo conozco mucha gente porque fui 7 años presidente de la Asociación Árabe Argentina Islámica, incluso por supuesto que entre ellos a muchos embajadores.

- ¿Cuál es tu relación con Oriental Bok?

- Bien, una muy buena pregunta. Hace cuatro o cinco años con mi hermano y otras dos personas más decidimos conformar una empresa importadora y exportadora, con la idea de contactar empresarios de allá y de acá para empezar a generar negocios como cualquier empresa de estas características. La verdad, con Oriental Bok no se hizo un puto negocio, no se hizo nada. La verdad no me acuerdo ni cuándo la armamos, sí recuerdo que fuimos a una escribanía pero ni siquiera la inscribimos después a esa empresa, no se la dio de alta en ningún lado, ni en la AFIP ni en ningún lado. Nunca tuvo curso porque no arrancó. Lo único es que la escribanía tenía la obligación de informar lo que se hizo y salió en el Boletín Oficial, pero eso fue todo. No existe tal empresa funcionando.

- ¿Y los vínculos con Luis D'Elía cuándo surgieron? ¿Cómo se conocen?

- Mi relación con él nace en el año 2006 por los ataques a Palestina del Estado de Israel. A partir de ahí comenzamos a generar movimientos no solo con D'Elía sino con diferentes personalidades. Pero nada raro como se dice por ahí de vincularme al Gobierno Nacional y eso. Yo a la Presidenta no la vi en mi vida, la conozco como la conocés vos, por foto.

- ¿Qué opinión tenés de la denuncia que elaboró el fiscal Nisman? Allí se te acusa como un agente iraní.

- Yo no tengo nada que ver con la Embajada iraní, yo cuando fui Presidente de la Asociación Árabe Argentina Iraní dejé el cargo en 2013, pero seguí teniendo relación con todas las embajadas árabes islámicas del país. Yo no soy un agente iraní. La verdad, es un disparate. Ahora dicen que se va a pedir que se investiguen las 40 mil escuchas que hay, donde hay conversaciones de mi hija de 12 años cuando habla con su prima de 8. Que tenía comunicación con el mundo de la política por mi rol es cierto, pero después es todo un disparate. Si encuentran una sola prueba yo solo me pongo las esposas.

- ¿Qué crees que pasó con la muerte del Fiscal Nisman?

- Cuando me entero, cuando vi la muerte por televisión, se me vino el mundo abajo, porque yo soy uno de los tantos que quería que el Fiscal fuera el lunes al Congreso y expusiera. ¿Quién no iba a querer que el Fiscal lo hiciera? Por eso cuando veo que se pegó un tiro, que se suicidó, que lo mataron como dicen las pericias ahora que presentó Arroyo Salgado, o no sé qué pasó me quise morir, hermano. No lo podía creer.

- Vos por supuesto estaba de acuerdo con la firma del Memorándum con Irán. ¿Qué reflexión tenés al respecto?

- Por supuesto que estaba de acuerdo porque el Memorándum iba a ayudar a esclarecer todo, iba a permitir que la República de Irán se sentara por primera vez legalmente ante las autoridades argentinas. Pero siempre se trató de confundir a la gente. Igual yo no tuve ninguna injerencia, yo apenas soy un dirigente de la comunidad islámica. A Cristina la conozco por foto como seguramente la conocés vos.

- ¿Cómo crees vos que se te llega a vincular con la denuncia? ¿A partir de qué hecho puntual?

- Por uno de los principales imputados en la causa, Mohsen Rabbani, con quien tengo una estrecha relación. En un momento Canicoba Corral dice que nunca autorizó las escuchas, Nisman dijo que tenía un papel firmado y en esas escuchas estoy yo hablando con él. Supuestamente era para saber a través mío dónde se encontraba Rabbani cuando me llamaba, yo no reniego de mi relación con él. Él es mi líder espiritual, no tengo por qué cortarle el teléfono o no hablarle. El famoso Memorándum era una condición para que Rabbani y todos los acusados por el atentado a la AMIA llegaran a un entendimiento con Argentina, se aclaraba todo de una buena vez. Iban a salir muchas cosas a la luz. Una cosa tengo clara, la República Islámica de Irán no fue.

Un día de semana fui invitado al programa del periodista Fabián Doman para hablar sobre las novedades del caso y estas escuchas, junto al abogado de Yussef Khalil, Fernando Burlando, quien me permitió mantener una breve charla telefónica con el imputado por Nisman como espía iraní.

-Hay una escucha donde usted dice que le robaron 300 armas de guerra FAL de su campo y que "no están limpios"...

-No, no hablaba de fusiles FAL. Dije 'fared', que quiere decir revólver en nuestro lenguaje. Es un bufo, un chumbo, un arma de fuego. Tenemos dos idiomas, el coloquial y el oficial. El oficial lo usan los diplomáticos, pero los pueblos hablan el coloquial. Y el 300 es un rifle Winchester Magnum. Por el robo de ese arma y los dos revólveres se hizo la denuncia en la comisaría 5ta de Toay, en marzo de 2012. Esto es transparente y claro. Se robaron los 'fared' significa se robaron las armas, los revólveres. Estuvimos más de 20 años estigmatizados, después de la maldición de la explosión de la Embajada de Israel y después con la AMIA se profundizó el ataque y el acoso hacia la comunidad islámica local. Porque al que echaban la culpa, que es el Shaik Mohsen Rabbani es actualmente un líder espiritual para nosotros, siempre hablando en términos religiosos.

Todas las sospechas caían sobre la comunidad. Nuestros autos vigilados, nuestras bolsas de basura eran vigiladas.

-¿Quién lo vigilaba?

-Nos perseguían los servicios de Inteligencia del Estado. Ponían una camioneta Traffic blanca en la puerta de la mezquita. Llamábamos a la Policía, y los oficiales nos decían: "Son los servicios de Inteligencia, se la tienen que bancar".

-¿Qué piensa de las escuchas que le hizo Nisman?

-Según Canicoba Corral fueron autorizadas por él para saber dónde estaba Mohsen Rabbani. Si lo encontraban, para agarrarlo fuera de la República Islámica de Irán. Me siguieron y me controlaron 8 años y de golpe y porrazo tiran conversaciones mías de cualquier cosa. Con las claves de mi tarjeta de crédito, con las direcciones de mi casa, de mi mamá. Hay muchas conversaciones de menores. Hicimos una charla en la comunidad para que estén pre-parados. Mi abogado, Fernando Burlando, les explicó dón-de estamos encerrados, dónde nos metieron. Familiares míos, tíos, primas, se tuvieron que exiliar por la perse-cución que se viene haciendo.

Las escuchas de Allan El Francés Bogado

La historia del espía Allan Bogado, conocido como El Francés, es mucho más compleja que la del resto de los integrantes de este grupo de negociadores y lobbistas pro iraníes. Este agente era un inorgánico, pero que había dejado en una escribanía un acta firmado conjuntamente con Jaime Stiuso, donde se deja redactado que su trabajo era relacionarse y entrar en confianza con grupos islamistas en Argentina y pasar informes blancos (de lectura y destrucción inmediata) a la SIDE.

El documento fue presentado ante el Juez Marcelo Martínez de Giorgi y lleva la firma del escribano Germán Eduardo Gervasutti el 23 de enero, luego de que Nisman lo presentara como el agente kirchnerista que serviría como conexión para negociar el pacto de impunidad con Irán.

Bogado deja en claro que todo lo que hizo fue por orden de Stiuso, con quien trabajaba desde 1999 y que era Jaime quien le daba dinero para solventar los gastos de las reuniones que mantenía con Khalil, entre otros.

Días antes de la difusión de esta acta, el Jefe de la SIDE, Parrilli, había señalado que Bogado "no pertenece ni ha pertenecido como personal de la planta permanente, contratado, de gabinete ni personal transitorio".

Bogado también había trabajado en la campaña del Frente para la Victoria en Neuquén, sobre todo en la candidatura a Diputado de Carlos Sánchez, actual Director Nacional de la Aduana.

-Hola -dijo Bogado.

-Hola amigo querido ¿Mañana vas al acto? -respondió

Khalil.

-Sí. Sí. Voy con los pibes de La Cámpora.

-Bueno, yo voy a estar ahí en el escenario, nos vemos ahí.

-Dale listo. Escuchame, yo voy a las once. Organizo. Y a la una me tengo que ir porque el final es largo.

-Bueno, vamos a tomar algo por ahí, bolas.

-¿A qué hora vas a estar por allá?

-Yo tengo que organizar la columna de La Cámpora para que llegue bien adelante, así que nos juntamos ahí en el Central, que es en Piedras y Chile. De ahí los saco, los metemos a todos ahí dentro y una vez que termina me voy. Te cuento que la Doctora (la Presidenta Cristina Fernández) está con un quilombo. No sé si mañana arranca para hablar.

-Sí, va a hablar después de las 5.

-Escuchame, otro tema, el sábado me junté con un amigo. Estábamos charlando y vino una amiga de él, de este amigo y se pone a hablar y me dice "no, porque mi amigo el Juez". Y no decía, no hablaba. Le digo es de la Aduana, esta mina es de la Aduana. Le pregunto ¿Quién es ese ex Juez? Y me lo nombra. Y me quedé. Empieza con Y.

-Yrimia.

-Exactamente.

-¿Y qué le pasa?

-Dice que es muy amiga, de esta mina, esta mina se pegó, me llama por teléfono. Nada, quería saber si...

-Es empleada de Nisman, boludo.

-Por eso quería saber si estabas al tanto de algo.

-Está en casi todas, ahora está asesorando al (Ministro de

Seguridad de Buenos Aires, Alejandro) Granados.

En otra escucha, se hablan del lobby a largo plazo que hacen para Irán desde La Cámpora.

-Amigo.

-Master querido.

-¿Cómo andás, león? Recién llego de la casa de mi tío, recién lo traje. Che ¿vos todo bien? ¿cómo te fue afuera?

-Muy bien querido, muy, muy bien.

-¿Cuándo nos juntamos?

-Cuando quieras papá, yo mañana y pasado estoy al pedísimo. Pero vamos despacito, que ahí hable con el enano (probablemente José Otavvis, vicepresidente de la Cámara de Diputados de la Provincia de Buenos Aires y líder de La Cámpora), que estuvo lunes y martes. Y bueno, tenemos que avanzar, tenemos ahí, tenemos una línea importante. Ahí me vinieron a ver los pibes de La Cámpora también.

-Bien.

-Si quieren pegarse un acercamiento con ustedes hay un montón de prendas, que tenemos que ir de a poquito. Tenemos que ir armándolo y con inteligencia. Estamos perfecto, mejor imposible.

-Dale.

-Estamos muy bien, tenemos que laburar, tranquilos y con paciencia. Tenemos que hacer un trabajo de acá a 10 años.

-Seguro, seguro que es a largo plazo.

-Y estamos perfecto, a nivel internacional perfecto. Muy, muy bien.

-Seguilo de cerca ahora eso.

-Sí, pero tranquilo. Está cerrado muy de arriba.

-Seguilo de arriba, porque yo sé lo que te digo, porque yo escucho del otro lado también.

-Vos escuchas de un lado y yo escucho del otro. Ah, sí bueno, seguro, acá una vez que salga la ley no podemos volver ¿eh?

-Seguro, allá está todo bien, pero lo que pasa. Después te cuento cuando nos veamos, porque me mandaron un par de cosas que no me cerraron, después te cuento.

-Dale, listo, hablamos mañana. Tranquilos y nos encontramos.

En otra desgrabación, que se encuentra en la denuncia de Nisman, hablan del fallecido fiscal, luego de una aparición televisiva. También cuentan cómo Nisman pidió el cargo para su ex mujer, Sandra Arroyo Salgado, a cambio de los favores que realizaba para el Gobierno kirchnerista en la investigación por la voladura de la AMIA.

-¿Qué pasa amigo?

-No, pero este chabón está loco, boludo. Aparte, ¿viste hoy el informe de Roger Noriega boludo? ¿acusando a mi primo? mañana me junto con (el abogado Juan) Labaké, a la mañana en la casa de él, ¿Sabes por qué?

-¿Por qué? Tiene buena pluma eh.

-Sí, pero aparte estamos, a ver, le tenemos que poner un bozal a esta gente, un bozal judicial. O sea, Nisman, dejalo que corra lo de Nisman, está todo bien, porque está bien, tiene que hacer los deberes. Nosotros sabemos cómo contrarrestar eso. Pero el tema de seguir la estigmatización sobre la gente nuestra, ahora directamente van por mí. Ahora en cualquier momento sacan todo lo mío.

-¿Te puedo contar una parte de la historia?

-Sí, obvio.

- Vos sabés quién es la pareja de tu amigo Nisman, la de San Isidro.

-Ah, sigue con esa, sí, le dieron el cargo a cambio de esto boludo.

-No me dejás terminar, a ver, nunca fue mujer de él, siempre fue pareja. ¿cómo un judío se va a casar con una saina como nosotros? Boludo, pensá en esa parte, ¿Arroyo Salgado de judía qué tiene?

-Nada.

-Piensen un poquito, eran y convivía. Él tiene su mujer judía y bueno está separado, para la comunidad es una rata. ¿Vos sabés cómo se manejan ellos?

-Sí, obvio, obvio.

-El tipo busca apoyo, nosotros lo utilizamos muchísimo a él y vos lo sabés. Y lo han sufrido y pido perdón a Dios que vamos hacer. Era lo que me tocó y lo utilizamos y lo utilizamos muy bien, que es lo que sucedió. Él a cambio de todos esos favores en su momento pide el cargo para su pareja, a la mujer que vivía con él. Nosotros se lo damos. Ellos se separan hace tres años. ¿Me entendés? Hubo un separamiento, estuvieron un año viendo a ver cómo. Dos años, año y medio se terminó la vida social de ellos y el amor. Hasta el año y medio. Ahora nosotros le caemos con otra cosa, no le dan más bola a él. La que él hizo Jueza Federal no le da más bola. Ella tiene un cargo mucho más importante que él. Nos empezó a llamar a nosotros, y viste como somos. Encantado, mucho gusto, no te conocemos.

-Sí.

-Estamos en otra, es otro país, otra situación mundial y hay que trabajar en otro contexto. Por todo lo que él hace. A ver, hizo un laburo, vamos a ponerle, mal o bien, como Fiscal queda hecho mierda.

-Sí.

-Nunca, a ver.

-Yo creo.

-Pero escuchame, el próximo paso de este muchacho tiene que ser Tel Aviv, una isla cerca de Tel Aviv. Claro, boludo, olvidate de ese muchacho. ¿Con qué cara se queda acá?

-Porque ni la comunidad le da. ¿Qué es lo que hace él? Pensalo. Lo que te dice un tipo que analiza, él tiene que salir a avisar cualquier cosa, porque todos los laburos.

-Escuchate lo que dijo. "El Gobierno me dio todo lo que yo pedí". Ojo con esa frase.

-Ojo con esa frase, encima lo mandó al frente a Néstor- Refiriéndose a que el marido de la Presidente había apoyado con uñas y dientes la pista iraní y descartado la siria. Son varias las referencias de los ayudantes de los ex Cancilleres kirchneristas Rafael Bielsa (2003-2005) y Jorge Taiana (2005-2010), que indican que a ambos se le acercaron varios enviados desde Teherán para realizar acuerdos por los sospechosos iraníes, que fueron descartados de lleno.

-No importa, la frase importante es esta: "el Gobierno Nacional me dio todo lo que yo pedí, es excelente la colaboración". Vas a tener que responder por eso. Como corresponde para dentro de tu comunidad, vos como Fiscal General del Estado hiciste un laburo de mierda. Porque él sabe lo que va a venir, otra hipótesis con otras pruebas y va a quedar culo al norte porque nunca las vio, él, las pruebas. "Y agradezco al Gobierno Nacional que me dio todo lo que yo pedí". El tipo no es un gilón, "no me echen de ser Fiscal", está pidiendo, ¿me entendés? "No, por favor, no me van a echar". Porque si lo echan hoy, ni los paisanos boludo.

-¿Estás loco vos? ¿Quién lo va a salir a bancar?

Tras las escuchas, Bogado denunció que "distintos sectores políticos y judiciales sembraron pruebas falsas para llevar adelante una operación mediática".

Además, el espía cargó contra el ex Secretario de Inteligencia, Miguel Ángel Toma, el ex Ministro de Seguridad Juan José Álvarez y contra los Fiscales Generales Germán Moldes y Raúl Pleé por intentar querer "desprestigiar al Poder Ejecutivo y con la clara intencionalidad de suspender el juicio AMIA".

22 de enero

Infojus Noticias, Agencia de Noticias del Ministerio de Justicia y Derechos Humanos de Argentina

Yrimia, el supuesto ideólogo de las pistas falsas

Nisman lo señaló en su denuncia como una pieza clave en el entramado de encubrimento en la causa AMIA, pero a lo largo del texto no aparece ninguna transcripción de sus supuestas conversaciones con otros implicados por el fiscal. Perfil de un un ex funcionario judicial que devino en experto en seguridad.

Solo un año fue Fiscal Federal. Entre 1993 y 1994. Durante la feria de invierno del 94 la causa que investiga el atentado a la AMIA cayó en sus manos. Esa relación con el expediente es, en la denuncia de Nisman, lo que hace que los supuestos conspiradores vayan a buscarlo para ser parte del armado del encubrimiento. "La contribución del Dr. Yrimia al plan criminal ha sido sustancial", dijo Nisman en su denuncia y aclara: "Ha puesto al servicio de la maniobra de encubrimiento su conocimiento sobre la causa AMIA. Se trata de un conocimiento específico pues lo ha obtenido en el ejercicio de su anterior cargo como Fiscal Federal especialmente designado por la Procuración General de la Nación para intervenir en la investigación del atentado perpetrado contra la sede de la AMIA".

A lo largo de las 289 páginas de la denuncia de Nisman, la voz de Yrimia sólo aparece transcripta una vez. Así lo relata Nisman: "Ya en febrero de 2014 se registraron comunicaciones en las que el abogado se ha identificado, sin dejar lugar a ninguna hesitación: "...Buen día, Jorge. Luis Yrimia...", a lo cual Khalil respondió: "¿Cómo le va, doctor querido?". Yrimia aparece mencionado 58 veces, pero no hay transcripciones de sus supuestas conversaciones con otros implicados por Nisman.

Nisman califica el aporte de Yrimia como "extremadamente valioso en el plan delictivo" y da por sentado que "el ex Fiscal designado, el día del atentado, para actuar en forma conjunta, alterna o sucesiva en la causa AMIA, Dr. Héctor Luis Yrimia, en razón de sus conocimientos detallados del expediente y su experiencia en la práctica judicial en materia penal, por haberse desempeñado además como Juez de la Nación, aportó valiosa información y consejos técnicos para el armado de esta nueva hipótesis falsa, de modo de tornarla verosímil y adaptable a la realidad de una causa judicial, que conocía por haber intervenido en su condición de Fiscal Federal" y en otro párrafo señala que Yrimia actuaba como funcionario de inteligencia del Estado y que con su información ayudo en el "perfeccionamiento de la pista falsa para redireccionar la investigación".

Hoy, en declaraciones a Página/12 Yrimia dijo ser inocente y no tener nada que ver las acusaciones hechas por el Fiscal Nisman. También negó haber tenido relaciones con la Secretaría de Inteligencia cosa que ya había sido confirmada por el propio titular de la entidad, Oscar Parrilli.

Las escuchas de Fernando Esteche

"Tengo relación con Khalil, es un amigo mío. Compañero. Es un dirigente de la comunidad islámica argentina", dijo Fernando Esteche, líder de la agrupación de izquierda nacionalista Quebracho, financiada por la banda pro iraní de la SIDE. También admitió que conoció a Ramón Allan Bogado en una reunión con el Jefe de Gabinete, Juan Manuel Abal Medina en 2012. "Me dijeron que se llamaba Christian Vázquez o Chirstian Oraz, era un operador externo del Gobierno Nacional", afirmó.

-Hable

-Fernando, querido ¿Cómo estás?

-Hola.

-Hola ¿Cómo andás Fer?

-Ah, qué hacés Yussef ¿Cómo andás?

-Bien, con algunas noticias. escuchame, vos con el Cuervo (Larroque, Diputado provincial) andás bien, ¿no?

-Y hoy lo tengo que ver, sí, hoy vengo a Capital a verlo a él.

-¿Me estás cargando? estás viniendo a Capital y yo estoy yendo a verte a vos.

-Estoy llegando a Retiro, ahora cinco minutos.

-Está bien, está bien, me complicás, bueno no importa. Hay una idea de movilizar en caso de seguir y hoy ya me llamaron de que quizás, que tenga el teléfono abierto, porque quizás tengamos que movilizarnos. Mi amigo Fernando con su organización, movilizados dentro del mismo espacio, ellos lo que no quieren es sumar a los troskos.

-¿Quién son ellos?

-Los de La Cámpora.

-¿Hablaste con ellos que van a movilizar?

-Eh. No digas nada boludo, hablé con el Gordo y con Larroque por teléfono, o sea, estuve yo en la conversación con el altavoz.

-Me llama la atención, eh, ¿con qué Gordo? ¿con Luis (D´Elía)?

-Sí.

-Si La Cámpora moviliza sería una señal que cambió la política nacional.

-Bueno, está bien Fer, esto te lo digo a vos que sos mi amigo, no se lo estoy diciendo a Fernando Esteche, a mi amigo se lo estoy diciendo. Manejemos esto con cautela, este llamado fue el sábado, por eso el sábado a las 4 de la tarde no fui bulto con los troskos, le saqué el cuerpo. Te acordás que el viernes te llamé y te dije: "Mirá Fernando, me pasó esto".

-Sí, sí.

-Bueno, ahora el sábado yo fui a la casa del Gordo, hablé con el Gordo, y el Gordo adelante mío lo llamó al Cuervo (Larroque), puso el altavoz. "Cuervo estoy con Yussef, bla bla". Estoy diciendo lo que me dijiste que trasmita así, ¿eh? "Está bien, perfecto listo". Lo que yo quiero, es que si a mí me dicen, bueno está bien, tratemos de movilizar esto, lo otro, yo pueda decir: "La organización que yo también me siento representada que va a estar Quebracho". Necesito tener tu aval, que ustedes no tienen problema de participar también.

-No, no, el que puede llegar a tener problemas ahí es el Gordo, pero para ningunearnos, pero el Cuervo no va a tener problemas.

-A ver Fernando, a vos no te va a ningunear nadie, si no, no marcho, no voy con ellos. No pongo los nombres nuestros. ¿me entendés lo que te quiero decir?

-No, no, me llama mucho la atención, pero es bueno.

-Yo digo lo que pasa Fer. Ahora, si me están haciendo el chamuyo, si me están dilatando, quieren que pierda fuerza, Todo eso, no quieren que me siente a la mesa con los troskos y todo es otra cosa, no sé. Yo te digo lo que está pasando Fer. Vos sabés que en política pasa de todo.

Las escuchas de Mohsen Rabbani

Mohsen Rabbani fue consejero cultural de la Embajada de Irán en Buenos Aires entre 1994 y 1998, año en que abandonó la Argentina. Su hermano vivía en la triple frontera entre Brasil, Argentina y Paraguay y financió dos viajes de islamistas sudamericanos a Irán.

Rabbani ahora está en Irán. Se cree que fue el cerebro del atentado a la AMIA. La Justicia argentina libró una orden de arresto por haber usado su rol diplomático y sus actividades culturales y religiosas como pantalla para reclutar a quienes volaron la AMIA. Rabbani vivía en Argentina desde 1983, era el líder de la comunidad shiíta local y de la mezquita At-Tahuid, en Floresta. Vivía de una supuesta empresa que exportaba carne argentina a Irán.

Rabbani habló con Khalil sobre la situación caliente en Argentina con la comunidad musulmana.

-Nos vamos a defender. Nosotros en el Congreso, adentro de la cárcel, afuera. En todos lados. Si Dios quiere, porque nosotros somos lo mismo, usted y la comunidad esta somos lo mismo. Si acusan a un iraní van a tener que acusar a toda la comunidad islámica del país, así de corta se lo digo. -aseguró Khalil.

-¿Qué pasó? ¿Está muy caliente la Argentina?-cuestiona Rabbani.

-Uh si, está muy caliente, muy caliente, pero demasiado.

Más adelante, Khalil se comunica con el Sheik para apurarlo por el anuncio de la Comisión de la Verdad para el Atentado a la AMIA.

-Necesita que el Gobierno iraní, junto con el Gobierno argentino, mañana anuncien la conformación de la Comisión de la Verdad- reclama Yussef.

-Me parece que hicieron medio boludeces, pero igual los iraníes tienen una paciencia de elefante, así que se la van a bancar.

-Sí, por eso.

-Me parece medio desprolijo, la Argentina se mueve chupándole las medias a Estados Unidos. Pero igual se van a bancar todo. Pero no creo que mañana anuncien ya conformado. No creo que los iraníes vengan tan afilados a la reunión. La reunión se hace de apuro a pedido de Cristina. No sé si la Argentina va a manejar todas las formas, porque también es desprolijo. No te olvides. Y no nos tenemos que olvidar de que Irán no hizo nada en la AMIA, viste, así que tampoco la boludez. Argentina medio lo trata, lo apura como si tuviera algo que ver y no es así tampoco. Aunque la Argentina lo haga para la galería. La verdad que medio jodido.

-Pará.

-Pero algo van a arreglar.

-Hablamos, cualquier novedad llamo.

-Listo, listo, nos vemos.

En una de las conversaciones más jugosas del Sheik, habla con Assad, presidente de la Asociación Árabe Argentina Islámica y primo de Yussef Khalil sobre las compras nucleares de Irán, que habían sido frenadas por Argentina.

-¿Cómo anda?- inicia la conversación el Sheik.

-La verdad que es una alegría escuchar su voz- responde

Assad.

-¿Cómo están ustedes? ¿bien?

-Hoy tuvimos una reunión con el Ministro de Justicia (Julio Alak). Muy buena es paisano. Muy buena reunión. El miércoles hay una reunión con Cancillería. Mañana tengo otra reunión con la gente del Gobierno de la Ciudad (de Buenos Aires). Y así, constantemente trabajando, visitando, ahora le pedí una audiencia al Gobernador de Córdoba (José De la Sota). Estamos trabajando políticamente para tratar de sacar la colectividad adelante ¿Vio? Mismo, la verdad reunidos con el Ministro me sorprendió hoy, porque hay una apertura muy importante hacia la colectividad y bueno trabajando así con el interior del país. Ahora vamos a visitar al interior, tratar de caminar territorio argentino, y bueno, esto es política Sheik.

-La verdad sufrimos mucho para que Irán... todas las compras Argentina. Pero lamentablemente algunos que no son amigos ni de Argentina ni amigos del pueblo, hicieron tal daño que Irán, que fue primer comprador de Argentina, ahora no compre casi nada... puede cambiar esa situación con usted y con el Gobierno, pienso.

-Estamos trabajando para el Gobierno, ahora estamos trabajando porque el Ministro va a hablar con la Presidenta, me dijo hoy, para que me reciba. Entonces, tengo ganas de verla a la Presidenta.

-Es muy importante, aquí hay algunos sectores del Gobierno que me dijeron que están listos para vender petróleo a la argentina, vender tractores, vender acero y también comprar armas. Entonces ustedes deben hacer un coloquio económico con el Gobierno y nosotros vamos a decir que en el Gobierno de Irán hay firmas que trabajan con nafta y quieren colaborar con ustedes.

-El Gobierno también tiene buena relación por lo que yo tengo entendido, hoy mismo me dijo el Ministro que la Presidenta también es arabista. ¿Vio? La motiva también, la motiva todo esto, nuestra cultura. El otro día en el Tedeum, el 25 de mayo fue un Sheik, recitó el Corán y ella se paró de la silla, Sheik, se levantó de la silla por respeto al Corán ¿me entiende? Y yo la vi.

-¿Quién?

-Cristina.

-¿Quién?

-La Presidenta, y la verdad que yo sentí una emoción muy fuerte.

-¡Qué bueno, qué bueno! que sepan que Irán es el amigo de Argentina y de los pueblos, y nosotros estamos al lado de Chávez, vamos a estar al lado de la Argentina.

La transferencia nuclear a Irán

Nisman tenía dos grandes carpetas que detallaban la relación nuclear entre Irán y Argentina, por ser una de las viejas teorías sobre el atentado a la AMIA. Esta hipótesis afirmaba que la bomba había sido puesta por el grupo terrorista Hezbollah por un incumplimiento de los contratos nucleares por parte de Argentina, a partir de las relaciones carnales del Gobierno de Carlos Menem con Estados Unidos.

Cierta o no, Nisman podía reflotar esta hipótesis para fortificar su acusación contra el núcleo del kirchnerismo. Pruebas le sobraban.

El intercambio nuclear argentino-iraní comenzó en la década de los 70, cuando siete científicos argentinos viajaron para el diseño de reactores de investigación, minería del uranio y protección radiológica.

Durante los 80, ambos países se encontraban dentro del Movimiento de los Países No Alineados (NOAL). En 1985, delegaciones de expertos nucleares cruzaron el Atlántico en ambas direcciones, para fundar las bases de un pacto binacional de desarrollo. Para 1986 se intentó crear un consorcio entre Alemania Occidental, España y Argentina para construir la planta de Bushehr, Irán.

El 5 de mayo de 1987, Investigaciones Aplicadas del Estado Argentino, más conocida como INVAP, firmó su primer contrato con Irán para modificar el reactor del Centro de Investigación Nuclear de Teherán a cambio de 5,5 millones de dólares. El reactor fue pasado de un consumo de uranio enriquecido al 93%, a uranio enriquecido al 19,9%. Argentina también le vendería 115 kilos del nuevo combustible. Además, entre 1982 y 1988. Argentina envío barcos cargueros con material bélico no especificado a Irán.

En 1988, se frena la guerra entre Irán e Irak. Teherán busca la ayuda de Argentina para desarrollar su tecnología nuclear. Aunque no era una relación color de rosas. En 1984, Buenos Aires, Bagdad y El Cairo comenzaron a trabajar en conjunto en el proyecto misilístico Cóndor II.

En 1990, el Secretario de Asuntos Especiales de la Cancillería argentina, Alfredo Karim Yoma, comenzó a negociar un acuerdo con el presidente de Irán, Ayatolá Akbar Hashemi Rafsanjani. Los proyectos de transferencia nucleares eran por 300 millones de dólares, más la construcción de dos reactores para la central de Bushehr y plantas de irradiación de alimentos, con un costo total de 500 millones de dólares.

El Canciller del Presidente Carlos Menem, Domingo Felipe Cavallo, se opuso al acuerdo por chocar con los intereses de los Estados Unidos y comienza una puja interna con Yoma, que fue despedido de su cargo en junio de 1990. En septiembre y con la participación de dos fragatas argentinas en la Guerra del Golfo, comienza a romperse el acuerdo con Irán pactado con Yoma.

En 1992 la escalada se acrecienta, ya que un buque mercante argentino con equipamiento y cañerías para la construcción de purificador de uranio prototipo en Irán es detenido cuando estaba a punto de zarpar desde el puerto argentino de Campana.

Por el cese lateral del acuerdo, la Argentina fue llevada a juicio por Irán en la AIEA de Viena y le ganó 5 millones de dólares de indemnización por costos operativos.

Caracas sirvió de eje para reactivar el comercio

nuclear entre Buenos Aires y Teherán. El Presidente de Venezuela Hugo Chávez y el de Irán, Mahmud Ahmadinejad se reunieron el 13 de enero de 2007 en el Palacio de Miraflores.

-Es un asunto de vida o muerte. Preciso que intermedie con Argentina por una ayuda para el programa nuclear de mi país. Precisamos que Argentina comparta su conocimiento sobre tecnología nuclear. Sin la colaboración de este país, será imposible avanzar en nuestro programa – dijo Mahmud.

-Muy rápidamente. Haré eso, compañero- confió Chávez.

-No se preocupe por los gastos que requiera esta operación. Irán respaldará con todo el dinero que sea necesario para convencer a los argentinos. Tengo otra cuestión. Preciso que desaliente a la Argentina de insistir con Interpol para que capture a las autoridades de mi país.

-Me encargaré personalmente de eso.

Dos dirigentes venezolanos exiliados en Miami señalaron ante la revista Veija que "los argentinos también debían compartir con los iraníes su larga experiencia en reactores nucleares de uranio natural y agua pesada, un sistema antiguo, caro y complejo, pero que permite la obtención de plutonio a partir de uranio natural. Representantes del Gobierno argentino recibieron grandes cantidades de dólares en especies, dicen los chavistas disidentes.

Irán se encontraba sufriendo un bloqueo internacional debido a su intención de producir armas nucleares y necesitaba ayuda para desarrollar su programa.

La clave del nuevo acuerdo nuclear entre Argentina

e Irán se da a través de Nilda Garré, Embajadora de Venezuela durante 2005 y luego Ministra de Defensa argentina hasta 2010, una ex militante de la guerrilla ERP con fluidos contactos con Irán.

La información oficial dice que en mayo de 2005, cuando Garré era embajadora en Venezuela, se realizó en ese mismo país el Foro Latinoamericano y Caribeño de Trabajadores Energéticos, donde participaron 17 países. Allí se firmó un acuerdo para el "trabajar por un vínculo permanente de enlace, comunicación e intercambio entre los trabajadores que realizamos actividades en ciencia y desarrollo tecnológico y en aplicaciones de la energía nuclear", que llevó al Primer Encuentro Latinoamericano y Caribeño de Trabajadores Nucleares en México donde participaron Argentina, Cuba, Venezuela y México. Concuerdan "establecer una coordinación que enlace a todos los trabajadores latinoamericanos de la tecnología nuclear, como primer paso hacia una Federación Latinoamericana de Trabajadores Nucleares; establecer una comunicación permanente que permita el intercambio de experiencias en aplicaciones nucleares, tanto energéticas como no energéticas; intercambiar experiencias en la generación de energía por reactores nucleares". Oficialmente se realizaron comunicaciones a personas que poco tenían que ver con el encuentro, entre ellos: Mohamed Lashtar; Prakash Key y Gamal Khalifa.

Durante la gestión en Defensa de Nilda Garré, entre 2005 y 2010, 35 científicos argentinos viajaron a Teherán.

La encargada del Comité de Relaciones Exteriores de la Cámara de Representantes norteamericana, Ileana Ros-Lehtinen, señaló en 2011 que Chávez "habría intercedido ante la Argentina a favor de Irán para la obtención por medio de Venezuela de tecnología nuclear argentina".

El Instituto Gatestone, en el mismo año, puntualizó que "hay razones para creer que, con la ayuda de Venezuela, la Argentina está cooperando con Irán en asuntos nucleares, como parte de un acuerdo que incluye la disposición de la Argentina a retirar las acusaciones por los atentados de 1994 en Buenos Aires, a cambio de negocios".

En 2012, la Agencia de Noticias de la República Islámica señaló que el Canciller argentino Héctor Timerman había "defendido el programa nuclear de Irán, uniéndose a Venezuela en una muestra de apoyo al Gobierno de Irán". Timerman dijo que la Argentina apoyaba y participaba en la "lucha contra el terrorismo nuclear, que no debía ser un medio indirecto de limitar los derechos a la autonomía tecnológica y el uso pacífico de la energía nuclear".

8 de julio de 2011

A la Honorable Hillary Rodham Clinton
Secretaria de Estado
Departamento de Estado de los EE.UU:
2201 C Street, N.W.
Washington, DC 20520

Estimada señora Secretaria:

Le escribimos para expresarle nuestra preocupación respecto de una información recibida por nuestras oficinas sobre los esfuerzos potenciales de Irán en el establecimiento de una cooperación nuclear con la Argentina, utilizando a Venezuela como interlocutor.

Con Hugo Chávez como intermediario, el régimen iraní ha ampliado significativamente sus vínculos con América Latina y el Caribe en los últimos años. Utilizando su presencia en el hemisferio, Irán -un sponsor estatal del terrorismo- ha trabajado vigorosamente para fortalecer el apoyo regional a sus ambiciones nucleares, como así también a otras políticas destructivas.

Aunque entendemos que la Argentina públicamente mantiene objeciones al programa nuclear de Irán, posición que tomó como consecuencia del ataque a la Embajada de Israel en 1992 y al ataque, en 1994, al centro judío AMIA en Buenos Aires, existen reportes que indican que en 2007 Mahmoud Ahmadinejad supuestamente pidió a Hugo Chávez que intercediera ante el Presidente Néstor Kirchner para que modificara sus posturas políticas, de modo de permitir el acceso de Irán a tecnología argentina.

Por otra parte, entendemos que el Departamento de Estado ha recibido información relativa a estos reportes, que indica una relación comercial creciente entre Argentina e Irán a través de Venezuela.

A la luz de los esfuerzos implacables de Irán para desarrollar sus capacidades nucleares, quisiéramos solicitar información, dentro de las reglas y directivas aplicables en estos casos, respecto de la política actual de la Argentina sobre Irán y su programa nuclear, el estado de cualquier posible transferencia de fondos entre estos tres países y el grado de cualquier cooperación nuclear que pudiera estar en marcha, a la fecha, entre Argentina, Venezuela e Irán.

Agradecemos de antemano su colaboración en este tema.

Saludos atentos,

Ileana Ros-Lehtinen
Connie Mack
David Rivera

Artillería pesada

El fin de semana anterior a la muerte de Nisman, el denunciante fue atacado con artillería pesada. El Fiscal debía exponer su posición de querellante en la causa contra CFK y los perros de caza del oficialismo salieron a perseguir al conejo. El Fiscal no era una persona perfecta. Tenía sus vicios y sus defectos, que podían ser usados fácilmente por sus detractores, quienes tenían acceso a la usina de información del Estado. Algunos fueron más personales que otros.

Jorge Capitanich, Jefe de Gabinete:

La denuncia de Nisman es violatoria de la Constitución.

Agustín Rossi, Ministro de Defensa:

Después de la denuncia de Nisman, la Presidenta tendrá el 60% de imagen positiva, la va a favorecer. No hay presidentes que hayan denunciado el terrorismo como Néstor y Cristina Kirchner.

Florencio Randazzo, Ministro de Interior:

Es un pase de factura de sectores corporativos que perdieron con las últimas decisiones tomadas en la Secretaría de Inteligencia.

Sergio Berni, Secretario de Seguridad:

Lo de este Fiscal, además de un gran disparate, es un gran papelón. Estamos todos deseosos de que llegue el lunes para que el Fiscal diga todo lo que tenga que decir.

Daniel Scioli, Gobernador de Buenos Aires:

Es inconcebible que se involucre a CFK en un supuesto encubrimiento al atentado.

Sergio Urribarri, Gobernador de Entre Ríos:

Una estrategia muy clara y grosera para intentar deslegi-timar y derrocar al actual Gobierno, usando como herra-mienta a los sectores de la Justicia que han sido cooptados por las corporaciones mediáticas, empresarias y políticas.

Miguel Pichetto, jefe del bloque de diputados del kirchne-rismo:

Últimamente se toman decisiones en sedes judiciales que tienen contenidos de irracionalidad que convierten en deli-tos acciones que son propias de otros poderes del Estado.

Fernando Esteche, imputado en la causa:

¿No habría que denunciar al Fiscal Nisman por impedir que se busque la verdad en la causa AMIA, persistiendo en las hipótesis del delincuente Juez Galeano?

Martín Sabbatella, director de la AFSCA:

Es ridículo y disparatado, y representa un ataque directo de parte del Poder Judicial para lesionar al gobierno de-mocrático.

Jorge Taiana, Legislador porteño y ex Canciller:

Me consta el compromiso de Cristina con la verdad y la justicia en el caso AMIA. Es absurdo pretender acusarla de encubrimiento.

Gustavo López, Subsecretario de Relaciones de la Sociedad Civil:

Nisman es un operador de los servicios (de Inteligencia) que oculta su incapacidad en una denuncia descabellada contra la Presidenta Cristina Fernández.

19 de enero de 2015

Tiempo Argentino

Reunión abierta o cónclave cerrado. Esa es la cuestión, por Demián Verduga

El primer punto de la agenda que tiene la presencia del Fiscal Alberto Nisman en el Congreso, que en principio se reunirá a las 15 con los Diputados de la Comisión de Legislación Penal, es el carácter del encuentro, que amenaza con volverse el núcleo central del debate.

Desde el Frente para la Victoria (FPV) ratificaron que la presentación del funcionario judicial debe poder ser mirada en directo por la sociedad.

"Debe ser abierta. La población tiene el derecho de saber qué hizo Nisman todos estos años con la causa AMIA. Esa es su función", le dijo a Tiempo la Diputada del FPV Anabel Fernández Sagasti. Del lado opositor, la postura de la mayoría de los dirigentes fue remarcar que el encuentro sólo podría realizarse de modo secreto. Sin embargo, el Diputado nacional de la UCR Luis Petri, miembro de la Comisión, le dijo a este diario: "Estamos evaluando aceptar que sea pública y que el Fiscal conteste luego algunas preguntas en reserva".

La polémica sobre la reunión de hoy tendrá su costado reglamentario.

Patricia Bullrich, Diputada de Unión PRO y Presidenta de Legislación Penal, remarcó, en una nota publicada ayer en el diario Clarín, que ella tenía la "potestad" de definir el carácter del encuentro. A modo de ejemplo, la Diputada citó una reunión del Ministro de Economía, Axel Kicillof, el Jefe de Gabinete, Jorge Capitanich, y el Secretario de Legal Técnica, Carlos Zannini, con los jefes de bloque de todas las bancadas. Ese encuentro fue el 18 de junio y se realizó a puertas cerradas, ya que los funcionarios informaron sobre los pasos que se tomarían para enfrentar el conflicto con los fondos buitre.

En el oficialismo sostuvieron que la reunión de hoy es "incomparable".

Una fuente que trabaja en la presidencia de Diputados remarcó que el encuentro invocado por Bullrich "fue acordado" y que "nadie impuso" el carácter secreto, que tenía por objetivo no anticiparle pasos a los buitres. La misma fuente apeló al reglamento de la Cámara. Se apoyó en un punto del artículo 106 que sostiene que "las comisiones sólo podrán sesionar hasta el 10 de noviembre de cada año" a menos que haya "una resolución de la Cámara" o se trate de las "comisiones permanentes". Por eso es que el encuentro con Nisman tiene carácter "informal". "Si la comisión no está funcionando formalmente, su presidenta tampoco tiene sus facultades", remarcaron cerca de Julián Domínguez.

Los Diputados del oficialismo, incluso, pusieron en tela de juicio que quien conduce una comisión tenga esta potestad. "Son decisiones que no se pueden tomar de modo unilateral. Debe decidirlo el cuerpo en una votación", subrayó Sagasti.

Si por algún motivo la polémica llegara al punto de que se tome la decisión de dirimirlo así, los números son claros: el FPV tiene mayoría.

Últimas 48 horas

Nisman se encontraba tenso, era lo usal. El teléfono rompió el silencio. Se comunicaba con agentes de la SIDE que trabajaron junto a él durante varios años, de plena confianza. Juntos, habían creado una red de información que iba desde la CIA, el Mossad hasta los iraníes exiliados en las capitales del viejo continente, para encausar la investigación por la voladura de la AMIA hacía la pista iraní.

El mensaje no fue bueno: el lunes sería el día en que sería destruido en la Comisión del Congreso. El Gobierno había tomado control de la sala donde debía exponer como querellante. El aparato de comunicación del Estado, casi el 75% de las señales de comunicación y medios escritos de Argentina, estaban preparado para hacer una carnicería sobre la denuncia del Fiscal sobre la Presidente, su Canciller, el Diputado y sus arlequines.

El viernes, Nisman almorzó en el restaurante Itamae de Puerto Madero (Olga Cossentini 1553) donde solía disfrutar de piezas de sushi al menos dos veces por semana. Le encantaba el salmón y allí había un sistema de tenedor libre, por lo que se sentía independiente para comer lo que deseaba, por el tiempo que él quisiera. Aunque el lugar tenía unas cómodas mesas en la vereda, Nisman prefería sentarse en una de los pequeños espacios del interior, con lámparas de bambú sobre su cabeza, para poder tomar apuntes mientras comía.

Ese mismo día a las 15 recibió en su departamento a la abogada Soledad Castro, su secretaria letrada de mayor confianza. Llevaba papeles para la presentación. Nisman siempre le pedía que cierre las cortinas y los ventanales. Sabía que de una manera u otra, había mucha gente espiándolo. Minutos después llegó Carlos Rabinovich, abogado del Fiscal. Nisman le pidió a los presentes apagar los celulares, para concentrarse en los escritos. Cuando volvieron a prender los teléfonos, recibió el llamada de del Fiscal Federal Carlos Stornelli, que le ofrecía tener una copia de seguridad de la causa en trámite en un lugar seguro. Mazzino, ex Jefe de Análisis de la SIDE, dijo que Nisman lo llamó el viernes 16 porque necesitaba hablar insistentemente con Stiuso, pero que no lograba ubicarlo.

La presión sobre Nisman era terrible. Estaba muy preocupado por su seguridad. No por un ataque de las fuerzas de seguridad, sino de algún fanático kirchnerista suelto que pueda escracharlo públicamente a él o a sus hijas. Muchas cosas se iban a decir y las dos nenas que tuvo con la todopoderosa Jueza Federal de San Isidro, Sandra Arroyo Salgado, iban a quedar muy expuestas.

Nisman necesitaba que Stiuso confirme y le de información sobre la vieja nueva línea de investigación, el acuerdo secreto para transferencia de tecnología nuclear de Argentina a Irán.

El ex agente Jaime no le iba a contestar. Sabía que darle esa información a Nisman era demasiado peligroso y ponía en juego los años de colaboración que había tenido con la CIA y el Mossad. El acuerdo nuclear entre Argentina e Irán es uno de los secretos mejores guardados del kirchnerismo y así debía permanecer, por el bien de todos.

Esa noche durmió poco y trabajo puliendo su denuncia.

A las 14, llamó al ingeniero informático Diego Lagomarsino. Lo citó de forma urgente. Llegó tres horas después.

-Necesito plata para estos días, no sé, traeme 50 mil dólares de lo que te dejé antes de irme. ¿Cuánta guita tenemos acá?

-Alberto, deberías calmarte, el lunes tenés que estar bien. ¿Para qué querés tanto?

-Por las dudas. No sé si voy a quedarme en Buenos Aires por mucho tiempo más. No te pedí opinión. Necesito que me digas cuánto hay para estar tranquilos, para estar bien hasta que termine esto. ¿No entendés?

-Si, Alberto, lo que vos digas. Tengo la plata en casa. Está bien, vuelvo en un rato.

El Fiscal recibía llamadas de diversos políticos y periodistas. Pero tenía la cabeza puesta en otra cosa. Pasaban las horas y Lagomarsino no aparecía. Nisman decidió volverlo a llamar para preguntarle donde estaba:

-¿Y, encontraste eso?

-Si, si, ya te lo llevo – fue la respuesta de Lagomarsino.

La coartada de Lagomarsino

Lagomarsino era el financista de Nisman desde la SIDE, a través de él llegaba el dinero de la "Cadena de la Felicidad", que el Fiscal redistribuía a cuentas en Sudamérica y Estados Unidos por si algo le sucedía, o debía escapar. Lagomarsino trabajaba desde hacía 15 años como agente inorgánico, aunque era de absoluta confianza de Nisman. Era familiar del Coronel José Tibio Lagomarsino de León, parte del Servicio de Inteligencia, que llegó a ser Jefe del Batallón 601 de Anfibios del Ejército. En la SIDE, los agentes inorgánicos son seleccionados por nepotismo. Saben que muchas veces la sangre tira más que el dinero o la ambición de poder.

Lagomarsino había sido presentado a Nisman por Carlos El Moro Rodríguez, un ex Policía Aeronáutico que era los ojos y la financiación del Juez Jorge Brugo, aunque su cargo oficial era el de personal auxiliar de la SIDE. Lagomarsino primero fue presentado a Brugo y luego a Nisman.

El Moro trabajó durante la década del 90 junto a la DEA norteamericana. Su apodo fue puesto durante un operativo conjunto. Los yankees notaron enseguida su piel bronceada y los ojos verdes. El Moro y Nisman se conocían desde hacía muchísimo tiempo. El agente estaba asignado al Juzgado de Morón, en las afueras de Buenos Aires, donde Nisman comenzó su carrera como Fiscal. El hermano de El Moro conocía a Lagomarsino desde chico y fue el agente secreto quien le enseño a usar armas de fuego en el Tiro de San Fernando. El primer disparo de Lagomarsino fue con la misma .22 con la que Nisman apareció muerto.

La orden venía desde arriba y era inapelable.
Nisman había cambiado sus planes y no había dado tiempo
para sacarlo de la causa AMIA antes que presente la
denuncia contra la Presidente. Ya había llegado demasiado
lejos con la denuncia y estaba empezando a maquinar e
indagar la pista nuclear de transferencia de tecnología
nuclear entre Irán y Argentina. Así que cuando le pidiera
dinero, sería el momento clave para comenzar el magnicidio que cambiaría la historia Argentina.

Debía pasar como un suicidio, así que se trató de
elaborar un plan para introducir una pistola en la casa de
Nisman. Lo mejor sería decir que la pidió él, por protección
ante los tiempos difíciles. Nisman, sin mucho dinero en
efectivo en su casa, tarde o temprano recurriría a su
financista, que debía hacer dos viajes siempre que le pedía
dinero. Uno para hablar de forma directa y otro para hacer
la entrega del mismo. En el relato que Lagomarsino le haría
a la prensa no se hablaría de dinero, sino del arma que se
utilizó en el deceso. En realidad, esta fue entregada a uno
de los sicarios. No habría forma de contrastar su versión
con la de Nisman, ya que estaría muerto. Debía creer cada
cosa que decía y calculaban que saldría del entuerto sin
problemas.

Nisman tenía una calibre 22 apta para disparo similar a la que supuestamente le prestó Lagomarsino, en la
casa de su madre. ¿Para qué le iba a pedir una igual a
Lagomarsino?

Lagomarsino volvió a la tardenoche y en la puerta
de servicio encontró a Nisman dándole un sobre a uno de
los custodios. Pasó y le dió el dinero. Lagomarsino estaba
más nerviosos que Nisman. El Fiscal lo notó y le indicó
que se haga un café en la máquina que tenían enfrente.

Hablaron de las cuentas y de cómo podían sobrevivir económicamente hasta la llegada de las elecciones y la asunción del próximo Gobierno, que ocurriría dentro de once meses.

-¿Puedo salir por la puerta de adelante? Así queda registrado que vine - pidió Lagomarsino antes de retirarse.

-¿Vos también me venís con esas boludeces? Dale, salí - le dijo el Fiscal, haciendo oleaje con la mano y arreándolo hacía la puerta principal, mientras chequeaba el celular.

La coartada de Lagomarsino estaba resuelta. Saldría del lugar y sería filmado por todas las cámaras posibles. La datación de muerte lo alejaría al menos por 12 horas.

19 de enero

Infobae

Las últimas horas de Nisman: "Con esto me juego la vida", por Laureano Pérez Izquierdo

El Fiscal Especial para el esclarecimiento de la causa AMIA, Alberto Nisman, fue encontrado muerto el domingo a la noche por su madre, en su domicilio de Puerto Madero. Su cuerpo fue hallado sin vida en el baño de su vivienda. En su escritorio estaban los papeles de la investigación que encaró el Fiscal en la que hacía referencia a un plan para encubrir a los acusados del peor acto terrorista de la historia de la Argentina.

Sobre esos papeles, Nisman había trabajado todo el sábado. Conocía al detalle la denuncia que preparó durante dos años, pero no quería que el azar fuera a desperdiciar la oportunidad que tenía de contar ante el Congreso lo que él había oído en cientos de escuchas telefónicas.

"Estoy tapado de trabajo, ordenando papeles. No sabés lo que es esto. Todavía no sé si son preguntas o tengo que exponer primero", repetía cada vez que lo interrumpían el sábado. "No quiero que se arme un show de esto. No quiero que el martes la tapa de los diarios sea que la exposición fue un escándalo, sino que sea lo que tengo para contar, que es muchísimo".

El Fiscal temía que su exposición se viera "embarrada" por alguna jugada extraña. Transmitía nervios e impaciencia. Quería que fuera lunes.

Me comentó sobre todos los nexos que encontró en su investigación entre Irán y el grupo terrorista Hezbollah. Tenía todos los nombres en su cabeza. No sólo el de los implicados y con pedido de captura internacional y "circulares rojas". Todos. Su cerebro era un archivo repleto de información: identidades, locaciones, nombres de empresas fantasma, cruces de llamadas. Almacenó durante años esos datos, uno tras otro dándole forma. Para estar seguro de no dejar ningún punto fuera de sus dictámenes. La trama del ataque terrorista estaba estructurada en su cabeza perfectamente.

En diciembre, se fue de vacaciones con su familia a Europa. Hablamos. Estaba feliz. Era un viaje que tenía prometido a una de sus hijas desde hacía tiempo. Siempre hablaba de ellas: eran su debilidad. "A la vuelta nos juntamos y vamos a almorzar". Sin embargo algo cambió el 7 de enero y decidió emprender -horas después- su retorno urgente a Buenos Aires. "Me están presionando. Me avisan que está escrito el dictamen de (Alejandra) Gils Carbó para apartarme", le comentó a un colaborador. Por eso concretó su vuelta y presentó ante la Justicia Federal el escrito con la acusación por encubrimiento a los responsables del ataque terrorista a la AMIA que alcanza a la Presidente Cristina Kirchner, al Canciller Héctor Timerman y otros varios sospechados.

"Con esto me juego la vida", repetía a sus colaboradores. Me contó parte de la presentación que ya había hecho ante el juzgado de María Servini de Cubría, aunque me explicó que la causa recaería sobre el juez federal Ariel Lijo. Reconstruí los diálogos que habíamos tenido más de un año antes. Les encontré sentido. Sobre su escritorio tenía hojas y más hojas con apuntes. Frases marcadas con resaltado con los puntos más importantes de la investigación. "Necesito el dictamen. Las escuchas, algo", le rogué. "No puedo. Si hiciera eso estaría incurriendo en un delito. Hay nombres que por ley no puedo hacer públicos. Comprendeme. Es este, pero no podés leerlo. Ni tocarlo".

El sábado hablé tres veces con Nisman. La primera vez fue al mediodía. La segunda, a la tarde. Por último, a las 20:37. Ironizamos sobre intrascendencias y rió con ganas de un comentario. Nos saludamos. El domingo a las 7:54 le hice un típico reproche profesional por información que apareció en otro medio: el mensaje nunca fue leído.

Los custodios del diablo

11 de la mañana del domingo 18 de enero. Dos de los custodios del Fiscal Alberto Nisman se encontraban en el estacionamiento para invitados del complejo Le Parc. Simulaban que esperaban a su objetivo, que les había dicho que saldría a hacer algo. El día anterior, Nisman les dió la orden para que lo esperen a las 11.30. No quería que se quedaran con él en el departamento, y mucho menos que hagan guardia en la puerta: sabía que alguno de ellos, quizás todos, reportaban a las diferentes inteligencias que estaban tras sus pasos. La denuncia contra la Presidente había movido el avispero y había roto todos los pactos de no agresión previamente arreglados para el final del mandato presidencial. De un lado y del otro, nadie le quería perder pisada.

No pasa nadie, fue la orden.

A las 12.30 llegó la secretaria Soledad Castro. Nisman no le respondía los WhatsApp. Habían acordado almorzar sushi y cerrar la presentación del día siguiente. Tocó insistentemente el portero, pero el Fiscal no atendía. Los policías federales Armando Niz y Luis Miño la vieron desde el estacionamiento y la invitaron a retirarse: "Andate, no está".

A las 17, Armando Niz y Luis Miño comenzaron la actuación pactada. Subieron por el ascensor principal y encontraron el paquete de diarios en la puerta. Golpearon insistentemente, pero el Fiscal no atendía. Llamaron por teléfono a un superior.

-No llamen al 911. Hagan tiempo, todavía no se finalizó el trabajo.

Los custodios primero llamaron a Marina Pettis, otra secretaria de Nisman. ¿Por qué no se comunicaron a Soledad García, la secretaria de confianza del Fiscal? Sabían que Pettis estaba menos comprometida sentimentalmente con Nisman y no tenía las llaves del departamento. Les pasó el teléfono de la madre.

-Señor, la madre tiene una llave. Es una persona mayor.

-Podemos hacer que traben la puerta desde adentro, nos da más tiempo para revisar los pelpa.

A las 18 partieron hacía la casa de la mujer, ubicada en Belgrano, un barrio caro al norte de Buenos Aires. Tardaron casi dos horas en hacer un viaje de ida y vuelta un domingo, que normalmente se hace en 40 minutos.

-Sigan haciendo tiempo, ya casi estamos- fue la orden.

Buscaron la llave y llevaron a Sara Garfunkel hasta el domicilio del hijo. La mujer estaba con Martha Chagas, una amiga.

El equipo de revisadores se veían impacientes. Ya habían realizado copias de toda la información de las computadoras, pero faltaba revisar la mayoría de las carpetas e informes que había en el departamento.

-Es domingo a la noche de verano, se fueron todos a la mierda. No hay nadie activo. La vieja ya viene con el cerrajero.

Por ese entonces, a las 22, Sara Garfunkel estaba a diez cuadras, con los dos custodios que habían ido hasta su casa para buscar el código de seguridad que abriría la puerta principal. Sara lo tenía anotado en la agenda.

Misteriosamente, no funcionó.

-No llegamos, lo dejamos así.

-Pero boludo, vamos a hacerlo bien. Estirala más a la vieja.

-Ya está. Con la vieja adentro terminamos de hacerlo. Avisale a Miño que nos cubra la salida.

Soledad Castro, la secretaría de Nisman, estaba en la puerta del edificio. Eso sorprendió a Niz y a Miño.

-Señor, tengo malas noticias. Está muerto en el baño. Un tiro de calibre chico, señor. Otra cosa más. Abajo está la secretaria, a quien le dijimos al mediodía que se retire y sospecha de nosotros. Es un simulacro de suicidio no muy bien plantado, señor.

-Nadie lo va a creer, hay manchas de sangre en todo el living, manchas irregulares en la mano del suicida y se nota que hubo otra persona. La puerta quedó abierta. Intente cerrarla antes de que venga la madre.

-Que sea una escena segura de suicidio. ¿Está claro?

-Sí señor.

El equipo de Inteligencia enviado desde La Casa sabía lo que tenía que hacer: destruir la escena del crimen para no dejar dudas de un suicidio y tomar toda la información posible de las computadoras, los celulares y los escritos que tenía el Fiscal en su casa.

-Está el arma abajo.

-El cargador, la vaina y el arma, limpialos por las dudas y pasáselos por el cuerpo.

Dudaban del ADN que podían tener las partes del 22.

24 de enero

RelacionesInternacionales.com

Testimonio de custodios de Nisman sugiere graves negligencias, por Teresita Dussart.

Los custodios del Fiscal Alberto Nisman: Armando Niz, suboficial superior de Policía Federal, y Luis Ismael Miño, sargento de la misma fuerza, prestaron declaración el 21 de enero a las 14.45 en dependencias judiciales como es sabido. Deposiciones a las cuales Relaciones Internacionales tuvo acceso. Ambos trabajan para la División Seguridad y Custodia del Ministerio Público y Fiscal y Defensa de la Nación y se encontraban afectados a la seguridad del Fiscal. En el caso del sargento Miño desde 2007. El sargento Niz desde hace cuatro años, según consta de su propia declaración. La seguridad del Fiscal se efectuaba con dos móviles. La otra "pareja" encargada de la seguridad de Nisman estaba conformada por los oficiales Marcelo de Ferrari y Gustavo Méndez. El día de la muerte del Fiscal, los afectados a su seguridad eran Niz y Miño. Seguridad es un decir, ya que surge de la declaración de ambos profesionales, que en realidad la tarea de los policías se circunscribía en la práctica a hacer de chofer y cadetes de los recados encomendados por el Fiscal. De frente a un escenario que requería procedimientos profesionales dignos de una custodia de personalidades, no sólo no supieron qué hacer, como se verá, sino que hasta parecieron faltar de sentido común. Y surge entonces una inquietud: si no es incompetencia: ¿Qué es? Y, ¿si es incompetencia, quién se hace cargo?

No entres gentilmente en esa buena noche

Dylan Thomas

No entres dócilmente en esa buena noche,
Que al final del día debería la vejez arder y delirar;
Enfurécete, enfurécete ante la muerte de la luz.
Aunque los sabios entienden al final que la oscuridad es lo
correcto,
Como a su verbo ningún rayo ha confiado vigor,
No entran dócilmente en esa buena noche.
Llorando los hombres buenos, al llegar la última ola
Por el brillo con que sus frágiles obras pudieron haber
danzado en una verde bahía,
Se enfurecen, se enfurecen ante la muerte de la luz.
Y los locos, que al sol cogieron al vuelo en sus cantares,
Y advierten, demasiado tarde, la ofensa que le hacían,
No entran dócilmente en esa buena noche.
Y los hombres graves, que cerca de la muerte con la vista
que se apaga
Ven que esos ojos ciegos pudieron brillar como meteoros y
ser alegres,
Se enfurecen, se enfurecen ante la muerte de la luz.
Y tú, padre mío, allá en tu cima triste,
Maldíceme o bendíceme con tus fieras lágrimas, lo ruego.
No entres dócilmente en esa buena noche.
Enfurécete, enfurécete ante la muerte de la luz.

Charco de Sangre

Enero suele ser tranquilo para los que hacemos periodismo policial. Por ahí, lo peor de esta época en esta actividad es tener que cubrir a compañeros de labor y colegas de otros medios, que se van en manada, con sus familias, a las frías costas del Atlántico en Buenos Aires, Uruguay y el sur de Brasil. Sé su destino porque suben esas odiosas fotos de paradisiacas vacaciones que luego, buceando un poco, no suelen ser tan agradables. Mentirosos.

Las multitudes se habían replegado de Buenos Aires en todas direcciones. La ciudad es hermosa en enero. Las personas son uno de los pocos males de esta gran urbe. Recorrerla y vivirla sin tantas almas alrededor es una agradable experiencia. Eran las 12:30 de la medianoche del lunes 19; las calles se habían tomado vacaciones del caos. Los conflictos y las cicatrices sociales parecen cerrarse por este tiempo en que creen que escapan de la rutina, aunque en realidad se van a hacer las mismas colas y a embotellarse en el mismo tráfico, pero otros lugares. O quedar bien ocultos.

Como decía, era el final de otro día de trabajo normal. Acababa de llegar a mi casa luego de haber estado redactando noticias durante todo el día. Escribir, chequear información, investigar datos, buscar fotos, pelear con el editor y volver a chequear. Noticias que, sinceramente, ya no recuerdo.

Tomé un taxi hasta Avellaneda, una vieja ciudad industrial venida a menos y anexada al sur de Buenos Aires. La situación de la seguridad en esa zona no es la mejor. Varios vecinos sufrieron entraderas a sus viviendas, así que es mejor gastar unos pesos de más en un traslado puerta a puerta y no terminar perdiendo todo lo que llevamos en los bolsillos en la parada del colectivo.

Ese día abrí la puerta principal pensando en que al fin había llegado el anhelado momento en que podía sacarme los zapatos y caminar descalzo sobre piso de madera. Me tiré sobre el sillón, cerca de un enchufe. Lo que más me preocupaba era ese manchón de humedad que aún hoy crece en el ángulo izquierdo del techo. Tenía que juntar fuerzas para pintar, otra vez, con esa membrana líquida que queda durante días en las manos y no me permite sentir el choque de las teclas con los dedos.

Tal vez, cocinar algo, poner a descongelar un pollo o llamar a la pizzería.

Por costumbre, saqué el teléfono celular para ponerlo a cargar. Hice un par de movimientos desganados con el pulgar izquierdo y vi pasar un tuit que mi colega y amigo Damián Pachter había sido escrito hacía más de veinte minutos. Maximicé el mensaje y leí como decenas de personas se preguntaban si el contenido del mensaje era un chiste de mal gusto o una cargada.

Damián Pachter (@damianpachter):

0:08 - 19 de ene. de 2015

Encontraron al Fiscal Alberto Nisman en el baño de su casa de Puerto Madero sobre un charco de sangre. No respiraba. Los médicos están allí.

Conocía a Damián desde hacía pocos días. Sabía que trabajaba como cronista raso en el diario oficialista en inglés Buenos Aires Herald y que era uno de los elegidos por el Fiscal Alberto Nisman para difundir un resumen de

59 páginas con la denuncia contra la Presidente Cristina Fernández de Kirchner, su Canciller de religión judia, Héctor Timerman, y un par de funcionarios más que integran la tercera línea de su partido. Era un de los pocos colegas que tenía esa información privilegiada, de la que yo carecía. Nadie en mi medio tenía la denuncia y Pachter subía fragmentos de los escritos a Twitter, por lo que empecé a seguirlo, a hablar con él y a intercambiar mensajes, algunos sobre el tema, otros sobre libros o nimiedades. Pegamos onda.

Más tarde, descubrí la verdadera razón por la que Pachter tenía parte de la denuncia de Nisman: también era colaborador del diario Times of Israel. Se lo consideraba uno de los nexos entre la de la comunidad judía en Argentina e Israel. Y el Fiscal necesitaba todo el apoyo posible.

Recé e imploré al cielo tener el número de teléfono de Pachter. Lo tenía agendado, pero como Petcher. Recién aprendí a escribir bien su apellido una semana después.

-¿Qué hacés boludo, es cierto esto que pusiste? - le dije.

-Sí boludo - afirmó una voz con erres patinosas y un acento difícil de sacar, más polaco o alemán que hebreo.

-¿Pero cómo sabés?

-Una fuente recontra confiable mía que estuvo ahí.

-¿Cómo ahí?

-Sí boludo, lo vio a Nisman muerto en un charco de sangre. Me dice que no vio la pistola. Está muerto boludo.

-Me jodés. Voy para allá. Nos encontramos en la puerta.

-No, no, estoy escribiendo las notas para afuera. No voy a ir. Andá y chequeá que esto que te cuento es así. Si ves algo, avisame y tratá de chequearlo por tu lado, que a mi me están matando.

-Esto es una bomba. Voy a avisarle a mi jefe que voy para allá, que esté atento.

-Dale, avisame qué ves. Pero seguro que pasó.

-Obvio, te aviso boludo. Abrazo.

Después de esa extraña conversación, Damián escribió este tuit:

Damián Pachter (@damianpachter):

0:40 - 19 de ene. de 2015

Sepan entender que estoy chequeando y rechequeando la información que me está llegando. Gracias.

No era claro, pero creo que se refería a las consultas que hacía con otras personas, y de alguna manera mínima, a ese chequeo que me pidió. Llamé a un taxi. Volví sobre mis pasos y me puse de vuelta los zapatos, que en ese momento del día pesaban una tonelada cada uno. Desde mi barrio de clase media baja fui, en diez minutos, hasta uno de los lugares más nuevos y caros de la ciudad: Puerto Madero. Cuando estaba subiendo al auto, tomé coraje y llamé al director de mi diario. Fue algo totalmente arriesgado e inconsciente, hasta me podría haber jugado mi puesto si la noticia era un bluff.

-¿Disculpame la molestia, estabas durmiendo?

-No, no, decime.

-Parece que murió Nisman.

-¿¡Qué?!

-Sí.

-No puede ser. ¿Estás seguro?

-No, estoy yendo a chequearlo.

-¿Quién te lo dijo?

-Un redactor del Herald que conozco. Tiene una fuente que estuvo ahí y lo vio en un charco de sangre.

-¿Estás seguro? No puede ser. Mañana tiene que ir al Congreso. No puede ser.

-No estoy seguro. Te aviso, llego en minutos.

-Ok, manteneme al tanto.

Miraba por la ventanilla cuando cruzábamos el Puente de La Boca, con Caminito a lo lejos, pensando que no podía ser cierto. Como me había dicho mi jefe, Nisman se tenía que presentar en menos de doce horas en el Congreso para explicar su denuncia ante legisladores del kirchnerismo y la oposición. Había muchas chances de que sea un error.

Pero si era verdad, era la noticia policial de la década y quería estar ahí, en primera persona para ver todo lo que podía llegar a pasar.

Llegué al lugar antes que el Juez, el Fiscal, el Jefe de la Policía Federal y el Secretario de Seguridad. Durante casi dos horas vi, escuché, fotografié, tomé apuntes y relaté en Twitter todo lo que sucedía, antes de la llegada de los medios tradicionales. Y voy a contarte cosas que sólo yo vi y que después de un tiempo prudente de análisis puedo escribir.

El oficio me llevó a hacer una apuesta como punto: podía llegar a perder los 40 pesos del taxi y un par de horas de un domingo por un mal dato, contra la mínima posibilidad de que ocurriese lo contado en este libro, que espero lo disfruten tanto como yo al vivir e ir descubriendo todo lo que sucede en esta novela policial:

Suicidado, el asesinato del Fiscal Alberto Nisman.

Suicidado

Lunes 19 de enero. 12:55. Llegué en el taxi hasta la esquina de Azucena Villaflor y Juana Manso, frente a una concesionaria de lujosos autos importados. Desde el primer momento me impresionó la cantidad de móviles tanto de Prefectura como de la Policía Federal en el lugar. Era evidente que algo importante había pasado. La Prefectura Naval cortaba el paso a los vehículos, así que tuve que seguir a pie.

-¿Qué hace acá?- me preguntó uno de los oficiales que impedían el paso de autos, mientras alzaba sus dos manos en señal de alto.

-Soy periodista, ¿pasó algo? - le respondí y seguí caminando hacia las luces.

-No sé, pregunte más allá.

En ese momento no sabía dónde vivía exactamente Nisman. Había sacado su dirección buscando en la web, creo que de una nota en la revista Noticias. Los modernos edificios parecían todos iguales. Me dirigí hacía la muchedumbre de patrulleros. Recuerdo haber visto a una ambulancia del SAME con una persona adentro.

-¿Qué pasó?-le vuelvo a preguntar a otro oficial.

-No sé, tiene que hablar con los jefes – me dijo un prefecto morocho y un poco pasado de peso, que parecía estar deseando irse a su casa.

A lo lejos, se escucharon gritos:

-Dejeme pasar, soy el Doctor de Campos- le bramaba una persona de chomba roja a uno de los prefectos que estaban en el ingreso.

-No puede pasar hasta que llegue Berni-le respondió.

Me doy cuenta que una camioneta del escuadrón anti bombas de color rojo furioso y con la sirena encendida, estaba ocultando otra mucho más opaca, la Unidad Médico Forense de Investigación Criminal.

Me alejé una cuadra y volví a preguntarle a otro prefecto, que parecía no ser parte del operativo. Escondí el anotador que tenía en mi mano y aparente ser un vecino sorprendido:

-Che, que bardo... ¿qué pasó?

-Hay un suicidado en Le Parc- me respondió. Era la primera información que tuve.

-¿Sabés quién fue?

-No, ni idea.

Unos chicos que pasaban me dijeron que había una amenaza de bomba en Le Parc y me señalaron la entrada, donde había varios grupos de policías y lo que parecían vecinos, dentro y fuera del parque de entrada. Pasando la garita de seguridad, había tres edificios que se perdían en el cielo.

Saqué una foto mientras caminaba desde la esquina. Ahí lancé el primer tuit desde el lugar:

> **Bracesco (@Bracesco):**
>
> 1:18 - 19 de ene. de 2015
>
> *Suicidio a las 24 hs en Le Parc de Madero. No confirman identidad de víctima.*

Me acerqué a la puerta, y aproveché que el personal de seguridad intentaba sacar de la puerta a un médico del

SAME, que reclamaba pasar al edificio para constatar la muerte:

-Dale viejo, dejame pasar, me dieron la orden de que pase- Decía el doctor a un prefecto que lo miraba con cara imperturbable.

-No, me dijeron que no pasa nadie- retrucó.

En ese momento, le pregunté a un grupo de personas que estaban adentro:

-¿Qué pasó? ¿Hay un suicidio?

-¿Usted es familiar?- me respondió con una pregunta el de la chomba roja, que ya había podido pasar, pero no se le permitía subir.

-No, soy periodista ¿hay una persona muerta?

- Retírese ya mismo. Deje la puerta despejada, por favor.

Tardé varios días en darme cuenta que la persona con la que hablé era el Juez interino de la causa Manuel de Campos.

Podía olfatear el hedor a desesperación en los policías y prefectos que estaban en Le Parc. Era claro que algo raro estaba pasando, pero en ese momento no podía deducir qué era, ya que la información era nula. Ningún uniformado quería estar ahí, ser parte de lo que se estaba cocinando. Caminé de un lado al otro, no podía hacer mucho más que observar lo que pasaba.

Bracesco (@Bracesco):

1:22 - 19 de ene. de 2015

Puerta del depto de Nisman en Madero. Medicina legal de PFA y 4 patrulleros en el lugar. Todo cortado.

Le pregunté a dos adolescentes que están sentados sobre un descanso si sabían dónde vivía el fiscal Nisman:

-Si, en este edificio que está arriba nuestro, en el decimotercer piso, donde están las luces.

-¿Lo conocen?

-No, ni idea. Parece que hay una bomba en el departamento.

Era la 1:26. Veo que se acerca un auto con custodia atrás. Una persona dijo en voz alta "¿Ese no es Berni?". Era el Secretario de Seguridad, Sergio Berni. Mano derecha de la Presidenta Cristina Fernández e integrante de su mesa chica de decisiones, puesto que se había ganado con años de leal servicio.

¿Qué hacía ahí Berni? Algo realmente importante estaba pasando. Berni había dicho horas antes que la denuncia de Nisman era un disparate. Si había pasado algo con el Fiscal, su presencia allí era, por lo menos, sospechosa. Caminaba muy rápido, creo que desde que bajó del auto hasta que llegó a la entrada del edificio no pasaron ni cinco segundos. Tiempo suficiente para que le sacara tres fotos con mi celular, que salieron bastante movidas.

¿Qué hacer en ese momento? Guardarlas para el diario de mañana o comunicarle al mundo lo que estaba pasando. Dudé una centésima de segundo, pero al final resolví que era mejor compartir lo que estaba pasando con de-

118

cenas de miles de personas que esperaban noticias desde el lugar. Tomé coraje, respiré hondo y me dije: que sea lo que Dios quiera. Escribí el tuit a las apuradas y la red estalló.

> **Bracesco (@Bracesco):**
>
> 1:26 - 19 de ene. De 2015.
>
> *Llegó Berni al lugar.*

Volví a llamar a mi jefe y le comuniqué la presencia de Berni.

-Sí, estoy yendo para el diario, quedate ahí y después decime todo lo que viste- fue la respuesta.

Tras la llegada del Secretario, informador directo de CFK, el movimiento de los efectivos empezó a ser más fuerte. En ese momento, pensé que lo mejor era seguir con el registro fotográfico, ya que era el único informando en directo desde el lugar.

> **Bracesco (@Bracesco):**
>
> 1:29 - 19 de ene. De 2015.
>
> *Más forenses y peritos.*

Después de sacar esa foto, veo que los oficiales reciben una orden y me empiezan a señalar. Fue Berni quien ordenó limpiar la entrada y colocar una cinta policial perimetral a 20 metros de la puerta principal de Le Parc.

A lo lejos, mientras éramos corridos "unos pasitos más atrás", identifiqué al Jefe de la Policía Federal Argentina, Román Di Santo, ingresando al edificio donde vivía Nisman. Nuevamente me hice la pregunta: ¿Qué hacen Berni y Santos ingresando a una posible escena del crimen, cuando no dejaban pasar al Juez?

Bracesco (@Bracesco):

1:29 - 19 de ene. De 2015.

Berni ordenó sacarme del lugar

Diez minutos después, uno de los policías que se encontraban dando vueltas en la zona le avisó a tres peritos vestidos con trajes blancos de plástico y máscaras:

-Ahí está llegando la Fiscal, vengan.

Era la primera vez que veía, a lo lejos, a Viviana Fein. La escena del crimen ya estaba totalmente tomada por Berni, el Jefe de la Federal y Prefectura. Como mínimo, la Fiscal Fein tendría que haber demorado a todas las personas que se encontraban allí, sin la autorización legal y expresa de ella, salvando a los familiares directos de Nisman. Pero en Argentina, nadie nunca jamás cumplió las reglas básicas para la protección de una escena del crimen. O sea, todas las irregularidades que ocurrieron en este caso, judicialmente hablando, son la regla y no la excepción.

Las anormalidades al servicio del ocultamiento.

Low Bat

La batería de mi celular estaba descargada. Me quedaba solamente el 11%. Había salido de mi casa a las apuradas para chequear lo que estaba pasando en Puerto Madero y me olvidé de enchufar el celular aunque sea un rato. Temía que sin teléfono no pudiera continuar informando y, tal vez, perder una de las historias más importantes de Argentina.

Lancé un tuit y cuando estaba entre la desesperación y la bronca, uno de mis followers, el misterioso @ladriguru_, se ofreció a alcanzarme un cargador de batería portátil hasta la zona. Creía que era un chiste. Le mandé mi teléfono por DM (mensaje privado) y me llamó:

-¿Dónde estás? Ya voy para allá- me dijo con una confianza digna de los que te salvan las papas del fuego.

> **Bracesco (@Bracesco):**
> 1:45 - 19 de enero de 2015.
> *Entran los forenses.*

Creí que ese era mi último tuit desde el lugar, Ya casi con el celular apagado. Una decena de personas me ofrecían sus casas en lugares cercanos para que cargue el aparato.

Di una mirada hacia los costados y vi que había llegado Mario Massaccesi, uno de los noteros estrella del canal de noticias TN del Grupo Clarín, con una productora, pero aún sin móvil. Más a lo lejos, veo que estaba en el lugar Federico Aikawa, de Telenoche, noticiero de Canal 13, con una cámara de mano y otros periodistas que hasta ese momento no conocía, como Nicolás Lucca, de Perfil. También había llegado hasta el lugar Ariel Merca, mi compañero de escritorio, que vivía por el microentro porteño, a cinco minutos en taxi. Recuerdo que hacía un calor terrible, pero él tenía puesta una boina comunista que le quedaba horrible.

-Boludo, qué quilombo es esto, si es verdad- Me dijo, mientras se acariciaba la barbilla.

Yo me reía. Sabía que le había ganado esta primicia.

Bracesco (@Bracesco):

1:45 - 19 de enero de 2015.

Ya llegaron los medios mainstream. Tarea cumplida.

Escribí, implorando que no se apagara el celular. En ese momento, una persona vestida con una camiseta roja furibunda me toca la espalda y me pregunta:

-¿Sos vos?

Sí, era @ladriguru_ con una bolsa llena de cargadores de batería. Cuando digo llena, no creo que hayan sido más de tres, pero en ese momento representaban la satisfacción absoluta de tener algo que necesitaba como nunca antes, en el momento justo.

Nos convidó con sus cables USB a Merca y a mí. Ariel también había salido a las corridas y estaba con el mismo problema de energía descontenida.

Tres valijas y una huída

> **Bracesco (@Bracesco):**
>
> 2:29 - 19 de enero de 2015.
>
> *Hace una hora que están adentro Berni, la Fiscal y el Jefe de la Policía.*

La promesa de una gacetilla de prensa por parte de voceros oficiales empezó a tranquilizar a los periodistas que se encontraban fuera del departamento de Nisman. Los fotógrafos comenzaran a llegar al boulevard en el medio de la avenida Azucena Villaflor y preguntaban cuál era el edificio donde estaban aconteciendo los hechos. Todavía no había ningún canal con cámaras transmitiendo en vivo.

La guardia era cada vez numerosa y el Secretario de Seguridad, Sergio Berni, debía salir. Sabía que iba a recibir un aluvión de preguntas y que las respuestas que daría iban a ser tomadas por todos los programas matinales. Entonces, decidieron hacer una maniobra de distracción. El Jefe de Criminalística de la Prefectura Naval Argentina, Jorge Norberto Delgado, fue el encargado de la maniobra: el señor pelado salió con tres valijas de elementos periciales directo hacia el enjambre de periodistas. Y los que estaban en otra parte, salieron corriendo a ver qué pasaba. Con tranquilidad temperamental ante el acoso de los colegas, Delgado colocó las maletas en el baúl de un patrullero de la Prefectura, se sentó en el asiento del acompañante del mismo y huyó.

Bracesco (@Bracesco):

2:47 - 19 de enero de 2015.

Sacan tres maletines.

El engaño sirvió: por la puerta lateral escapó Berni junto a uno de los custodios de Nisman, sin ser vistos. Las maletas sólo tenían una veintena de guantes de látex, plumones, antiparras, trajes de plástico y reactivos químicos. Pero servirían para plantar otra falsa pista y aumentar la paranoia en las redes sociales durante un par de buenas semanas, hasta que la identidad de Delgado fuera develada. En la red pegaron tres fotos de tres personas peladas, evidentemente diferentes y se divulgó que el Jefe de Criminalista era, en realidad, una persona cercana al hijo de la Presidente, Máximo Kirchner y que, a su vez, había acompañando a Cristina Fernández en un viaje a España. Un mes después de la muerte de Nisman, Delgado vio las fotos donde se lo comparaba con otras personas, no podía creer la locura colectiva.

Con toda la prensa extasiada por la salida del pelado con los maletines, Sergio Berni tuvo el tiempo suficiente para dirigirse hasta el Edificio Central de la Policía Federal, donde junto al grupo de comunicación de la fuerza, se pusieron a redactar el primer comunicado oficial por la muerte de Nisman, pasando por arriba del Poder Judicial. Este debía dejar en claro que se trató de un suicidio. La precisión del mensaje sería vital para que la sociedad se despertara con la noticia de que Nisman se había quitado la vida. Sabían que habría dudas y que no había margen para el error. Fue entonces que escribieron este texto, asegurando que la puerta del baño estaba bloqueada por el cuerpo de Nisman.

19 de enero, 04.00

Comunicado oficial del Ministerio de Seguridad

El Ministerio de Seguridad de la Nación informa que el Fiscal Federal Alberto Nisman fue hallado sin vida el día domingo por la noche en su departamento del piso 13 de la torre Le Parc, en el barrio de Puerto Madero de la Ciudad Autónoma de Buenos Aires.

La investigación está a cargo del titular del Juzgado Nacional Criminal de Instrucción N°5, Manuel Arturo De Campos, y de la Fiscal Viviana Fein. El Secretario de Seguridad, Sergio Berni, se constituyó en el edificio para supervisar la aplicación de los protocolos de preservación de la escena del crimen por parte de los servicios de policía científica de la Prefectura Naval Argentina y de la Policía Federal Argentina convocados por los funcionarios judiciales a cargo de la investigación.

Los efectivos de la custodia de Nisman, pertenecientes a la Policía Federal Argentina, habían alertado a su secretaria en horas de la tarde de su falta de respuesta a los insistentes llamados telefónicos. Al constatar que el hombre tampoco respondía al timbre de la casa y que el periódico del domingo aún se encontraba en el palier, decidieron notificar a los familiares.

El Fiscal disponía de 10 efectivos de la Policía Federal Argentina para su custodia personal.

La custodia entonces recogió a la madre de Nisman en su domicilio y la llevó a la torre Le Parc. Al intentar ingresar, la mujer constató que la puerta se encontraba cerrada con la llave colocada en la cerradura por dentro.

Los familiares solicitaron entonces al personal de mantenimiento del edificio que convocaran a un cerrajero para ingresar al departamento.

A primera hora de la noche, la madre ingresó a la vivienda acompañada por uno de los custodios, hallando el cuerpo de Nisman en el interior del baño de su habitación, bloqueando la puerta ingreso al mismo.

Inmediatamente se notificó a la justicia de turno. Ante la presencia del Juez De Campos y de la Fiscal Fein, personal policial logró ingresar al baño. Junto al cuerpo de Nisman, que se hallaba en el suelo, se encontró un arma de fuego calibre 22, además de un casquillo de bala.

La Fiscal Viviana Fein

El camión de la morguera de la Policía Federal ingresó a las 4.07 por el mismo portón por el que había escapado Berni, a la vuelta de la entrada principal de las torres Le Parc. Los medios se mudaron a esa puerta.

-Van a sacarlo y se termina la noche. Ya tengo sueño -me dijo Merca, que estaba bastante cansado.

-Yo, media hora más y me voy- acompañó @ladriguru_ la queja de mi compañero.

-Ya estamos acá, nos quedamos hasta que termine, no sean flojitos- dije, intentando dar ánimo entre mis propios bostezos.

Mientras los fotógrafos se colgaban de las rejas para intentar sacar la mejor foto del cadáver y los oficiales pedían que se los bajen porque "iban a romper todo", se acercó a los barrotes una señora de unos 60 años, retacona, con una remera de tela negra con flores, de las más baratas que se puedan encontrar en el barrio de Once. Me sorprendió que llevara sandalias, totalmente inapropiadas para ingresar a una escena del crimen. Se la notaba muy agotada. Sabía en el problema que se estaba metiendo. Eran las 4.28.

-Vengo a ustedes para que descompriman la zona porque estamos trabajando muchísimo. Lamentablemente ha fallecido el Fiscal Nisman. Lo confirmó como Fiscal a cargo del caso, por la Fiscalía 45.

Palabras poco felices para un primer acercamiento.

-Con el paso de los días y los resultados de la autopsia podremos determinar la causa del fallecimiento. No podemos aventurar algún tipo de pronóstico. Sí se puede confirmar que había un arma de fuego, calibre 22. No puedo confirmar mayores detalles, la morgue va a poder procesar la causa determinante de la muerte. Vamos a ver los registros y todo lo que hay que investigar se va a investigar. La puerta no fue forzada, pero no puedo dar más detalles por respeto a la causa. Hay que tener seriedad. Fue encontrado dentro de la unidad por su madre. No hubo ningún tipo de carta, la puerta no fue forzada.

Los colegas se le tiraban encima como perros de caza, los empujones e insultos entre cámaras y fotógrafos era un espectáculo aparte. Fein, sobrepasada, trataba de responder las preguntas que menos la comprometían.

-Les pido ser prudentes, más por haberse tratado de un colega mío. Les pido que descompriman así puede trabajar Prefectura y Policía. El señor Berni ya se retiró. Todavía no pudimos determinar el lugar y tipo de orificio del disparo. La documentación todavía no fue revisada. Todo va a quedar resguardado, para tranquilidad de la población. Es una investigación que va a demandar muchísimas horas, con el paso de los días podremos determinar la causa fehaciente del fallecimiento. No voy a aventurar ninguna hipótesis. Tampoco que es suicidio. Por más que encontraron el cuerpo con un arma al lado, van a ver quién entró. Hay que esperar hasta después del análisis de la autopsia. Les pido prudencia. Voy a llevar a cabo la investigación. Confío en la Policía Federal y en Prefectura. Se le tomará declaración a la custodia, confío en la Policía Federal y Prefectura, trabajaremos con prudencia y cerca del mediodía tendremos precisiones, porque todavía no podemos confirmar el suicidio. Bajé para no dejarlos acá toda la noche.

A las 4.40, se retira a toda velocidad la ambulancia roja furiosa, llevándose el cuerpo de Nisman. El chofer salió arando, con bronca y casi atropella a varios camarógrafos y vecinos.

Manada de búfalos

Sara Garfunkel se encontraba en la puerta del baño de su hijo, el Fiscal Nisman. Estaba muerto, ahí, tirado en las cerámicas, en una laguna de sangre casi negruna. La mujer creía que se había resbalado y dado la cabeza contra algo. Era inconcebible que alguien lo hubiera asesinado y mucho más improbable que se haya matado de un tiro. Llamó a una ambulancia de la medicina privada de la familia, Swiss Medical y a su hermana, Lidia, que era psicóloga y vivía a una decena de cuadras. Para esto usó el teléfono fijo del departamento. Sara sabía que su hijo estaba muerto, pero los custodios insistieron en que debía llamar a un servicio médico antes que a la casa de sepelios. Eran las 22.44.

El operador de Swiss Medical recibió el llamado y alertó al servicio de emergencia al 911, quienes también enviaron una unidad propia. Otra llamada se hizo desde un celular al 911 a las 22.49. A las 22.54 salió la ambulancia del servicio público de emergencias SAME, con base en el Hospital Argerich hacía Le Parc.

El médico de nacionalidad ecuatoriana José Raúl Carrera, de Swiss Medical, llegó a las 22.59. Ingresó parte de su cuerpo por la puerta. Vio el cadáver de Nisman, ya muerto desde hacía horas, en un charco de sangre y el cargador del arma a sus pies. Tomó como referencia la rigidez y las marcadas muestras de un cadáver que yacía allí desde hacía demasiado tiempo y el torso, que no se movía.

-No hay nada que hacer, está muerto, señora- le dijo a la madre.

Sara asintió con la cabeza. Ya lo sabía.

131

Minutos después arribó Lidia, la tía de Nisman.

Alrededor de las 23.10, llegó una segunda ambulancia del servicio público, al que no se le permitió pasar. "No tiene nada que hacer acá, nadie llamó a una ambulancia", le dijo al segundo médico uno de los guardias de seguridad del edificio. Las órdenes desde el SAME fue que el médico se quede en la puerta hasta que lo dejen ingresar.

Los oficiales de Prefectura comenzaban a tomar control del lugar. La manada de búfalos debía destruir la escena del crimen.

El primer tuit de Pachter alertando que había sucedido algo en el departamento de Nisman fue a las 23.35, 35 minutos antes que la Fiscal Fein se enterara de lo que estaba pasando allí. Al hacer pública la información, Pachter no le dio tiempo a los revisadores de terminar su trabajo, que se hubiese extendido sin personas del Poder Judicial en el lugar durante toda la madrugada.

La Fiscal Viviana Fein se enteró de lo que estaba sucediendo recién a las 00:10, cuando desde la Policía se comunicaron con la Fiscalía 45 para que tomen constancia de lo que estaba sucediendo. Pasó una hora entre el momento que el médico confirmó el deceso de Nisman y el llamado de los uniformados a la Justicia. El Fiscal de esta causa debía ser Carlos Rívolo, quien fue uno de los primeros en investigar la corrupción de los gobiernos kirchneristas. No era la mejor opción. El Poder vio las cartas sobre la mesa y, en rápida decisión, se decidió darle el caso a la Fiscal de Instrucción de turno de la Jurisdicción de la Ciudad de Buenos Aires. Fein, una abogada a punto de retirarse, sería quien se quedaría a dedo con el asesinato más importante de la historia criminal argentina del siglo XXI. Así, el Juez subrogante de la causa será Manuel De

Campos, amigo íntimo de Berni, quien estaba reemplazando a Fabiana Palmaghini, una experta en suicidados.

El Secretario de Seguridad, Sergio Berni, se encontraba ingresando a su casa de campo, a más de 50 kilómetros del centro de Buenos Aires, cuando se enteró que algo estaba pasando en el departamento de Nisman, por lo que viajó hacia el lugar junto a su mujer para confirmar lo que estaba sucediendo.

Berni llegó a la 1.27 al lugar. El Juez De Campos estaba desde hacía más de media hora dando vueltas, esperándolo para que la Prefectura lo autorice a subir a la escena del crimen.

-¿Nisman está muerto?- le preguntó el Secretario al Jefe de la Policía Federal.

-Sí, está confirmado que es él.

Caminando hacía el ingreso, Berni llamó por teléfono a la Presidente Cristina Fernández de Kirchner y le avisó qué estaba sucediendo.

-¿Se suicidó?-le preguntó la mandataria.

-Sí, señora Presidenta- respondió el funcionario.

-Pobrecito- le dijo y cortó.

Alrededor de la 1.40 Fein ingresó a un departamento totalmente tomado por los efectivos. La madre de Nisman estaba en una de las habitaciones y Berni a su lado le preguntaba si necesitaba algo. Fein se asustó al ver allí al Secretario de Seguridad, que ordenaba a los peritos de la División Fotografía y Rastros de la Policía Federal dónde pararse y qué hacer.

Berni teatralizaba la situación frente a Sara. En un momento comenzó a gritar que tal vez Nisman estaba vivo y que debía entrar un médico a ver si podía hacer algo. Era claro que Nisman estaba muerto. Además, si necesitaba un médico, podía haber ingresado él a través de la puerta, ya que él es Doctor en Medicina y ejerció durante muchos años, cuando era agente secreto y se infiltraba en acampes mineros ofreciendo sus servicios médicos.

Como ven, todo en este caso está relacionado de una manera u otra con la Inteligencia argentina.

Fein y De Campos determinaron que Nisman había muerto hacía bastante tiempo y dieron autorización par el inicio de los peritajes en el baño.

Los peritajes debían haberse realizado en todo el departamento y los accesos. Pero Fein decidió hacerlos sólo en el baño, para poder destruir pruebas con mayor facilidad. En la unidad sólo podían ingresar un par de peritos y dos o tres testigos. Sin embargo, por ahí pasaron más de 50 personas.

Debían usar trajes de plástico, barbijos, coberturas para zapatos y cabello, garantizar los indicios y no contaminar.

Pero la tarea de los presentes no era la de encontrar pruebas, sino todo lo contrario: destruir cualquier cosa valiosa que pudiera servir para esclarecer el hecho. No preservarla. Romper cada uno de los protocolos de seguridad, no usar guantes ni protección en el calzado, tomar mal las muestras o no tomarlas, argumentar errores e incompetencia en cada uno de sus actos.

Cerca de las 2, un perito fotógrafo tomó la primera imagen de Nisman muerto. Estaba sobre un charco de sangre, recto a la bañera, con su cabeza apoyada sobre la puerta, a centímetros de las bisagras inferiores. Tenía el arma debajo del hombro, del lado izquierdo, aunque el disparo se había realizado desde la derecha. El cargador, tirado entre las piernas, milimétricamente colocado entre dos charcos de sangre. La remera había absorbido del piso muchísima sangre. En los pies tenía colocada una alfombra. La mano de Nisman que supuestamente realizó el disparo tenía una parte en forma de V totalmente cubierta con pequeñas gotas.

Después, siguió la División Rastros, que realizó mal el hisopado a la mano de Nisman para determinar si había restos de la detonación de la Bersa Thunder .22, inutilizó el ADN que podría haber quedado en balas en la recámara y cargador, al ensuciarlas con la sangre de Nisman, no realizó los peritajes correspondientes para buscar ADN en el mango de la pistola asesina, no hicieron pruebas de Luminol para determinar si hubo lavado de sangre.

La principal preocupación de los efectivos, sin embargo, era tomarle fotografías y encarpetar todos los archivos y documentación que tenía Nisman en la casa. Necesitaban saber si Nisman había traído algún tipo de información adicional desde Europa y cómo podía afectar al Gobierno Nacional estos supuestos agregados.

Un codo de Nisman y su huella en el charco de sangre determinaban que el cuerpo había sido movido. Lo mismo sucedía con las marcas en la remera blanca, que demostraban absorción de sangre. Sin embargo, esa parte de la espalda de Nisman no tenía sangre debajo. La cabeza también había sido levemente corrida.

Los peritos oficiales señalarían que con la mancha de sangre cubriendo gran parte del piso, si hubiese participado otra persona, habrían quedado marcas. Error. La laguna se creó porque Nisman perdió gran cantidad de sangre, lentamente, durante su agonía, que aproximadamente duró 10 minutos. Una persona podría haber estado en el baño y sus huellas podrían no haber quedado marcadas en la sangre, simplemente porque la sangre todavía no estaba ahí.

La empresa de seguridad de Le Parc

Las torres Le Parc tenían 170 cámaras de vigilancia. Pero las videofilmadoras claves de los accesos al perímetro y del ascensor de servicio del departamento de Nisman, que podrían resolver quién lo mató, estaban desconectadas, funcionaban mal o sus discos rígidos fueron destruidos antes de los peritajes. Seguridad Integral Empresaria era la compañía encargada de la seguridad, fundada en 1982 por el ex Secretario de Recursos Hídricos de la Nación, Mario Caserta y comprada en 1993 por el Coronel del Ejército Martín E. Toro y ahora controlada por su hijo. Su sigla SIE, es muy similar a las de la SIDE. El Consorcio también pagaba 20 mil pesos mensuales a Prefectura Naval Argentina para tener seguridad en la zona.

Las sospechas por una zona liberada se acrecentaron cuando la Fiscal Fein dio a conocer los singulares desperfectos técnicos de las cámaras.

Mario Caserta, señalado por el periodista de Página 12 Horacio Verbitsky como agente de la SIDE y recaudador de fondos narcos de la campaña presidencial de 1989, fue condenado a cinco años por lavado de dinero. El Juez Federal Jorge Ballestero (quien será protagonista de otro capítulo de este libro) concluyó que Caserta estableció una organización de blanqueo de capitales en el país y pudo probar que entre agosto y noviembre de 1990 llegaron cinco cargamentos de dólares en vuelos de Aerolíneas Argentinas que provenían de Nueva York y Miami. El caso fue conocido como el Yomagate.

La Diputada Elisa Carrió explicó el vínculo entre la SIDE, la SIE y el narcotráfico a través del contador de Stiuso, Julio César Jiménez. COFEME SA, de Enrique Dratman, marido de la diputada kirchnerista Diana Conti e involucrada en el tráfico de efedrina; American Tape, empresa que Oscar Parrilli señaló que era una pantalla de Stiuso y la SIE comparten la firma de Julio César Jiménez en sus balances.

SIE emitió un comunicado público negando relación con Jiménez: "Desde que la familia Toro adquirió la empresa en 1993 (sin clientes ni empleados ni movimientos comerciales) ningún contador de apellido Jiménez ha estado vinculado a la empresa. Esta información es fácilmente demostrable con la sola consulta de nuestros estados contables, información pública disponible para cualquiera que los solicite. La empresa no tiene ni ha tenido nunca vinculación alguna con los servicios de inteligencia del estado ni con anteriores miembros de los mismos. También negamos categóricamente que nuestra firma haya realizado aportes a campaña electoral alguna del oficialismo o de cualquier oposición".

La empresa mintió, ya que en la reunión del 26 de septiembre de 2014 es Jiménez quien firma los balances.

Con respecto a Caserta, SIE emitió otro comunicado, volviendo a caer en mentiras para defender su posición. "La empresa no tiene ni ha tenido nunca vinculación alguna con los servicios de inteligencia del Estado ni con anteriores miembros de los mismos (Milani, Stiuso o Pocino). Niega cualquier vinculación con el señor Mario Caserta. En el año 1994 se adquirió el 100% del paquete accionario de la firma y, desde ese momento hasta el presente, no ha habido ninguna relación o contacto con Sr. Caserta o cualquiera de los anteriores titulares de la sociedad. El servicio que Seguridad Integral Empresaria S.A. brinda en los complejos habitacionales y en Le Parc, es denominado 'seguridad residencial'. Significa que su tarea es civil, de prevención y protección, no es policial ni asimilable a la de una fuerza de seguridad. Su responsabilidad se circunscribe al control de acceso principal del edificio y supervisión del perímetro, cuidando de respetar los derechos a la privacidad y la propiedad de los ocupantes, así como de los visitantes y proveedores. Lo que significa identificar a los ingresantes, y pedir su autorización de ingreso al destino en cuestión. Toda esta información ha sido entregada a la fiscalía".

A la casa de Damián Pachter

Cuando el cuerpo de Nisman fue hacia la morgue, estábamos con Merca y el tuitero amigo observando todo parados sobre el techo de un edificio vecino, al que se accedía a través de una rampa. Se había terminado.

-Bueno, ya está, a dormir que mañana va a ser un día largo- me tiró Merca.

-Che, vamos a lo de Pachter a ver qué onda, estaba hablando con él y me dijo que pasemos- tiré, mientras trataba de responder cientos de mensajes que llegaban a mi celular.

-¿Lo conocés?-me preguntó Merca.

-No, pero es un buen momento para saber quién es. Vive por Congreso.

-¿Decís? Dale, los llevo en mi auto, queda de camino. Pero no me quedo, me da miedo- respondió @Ladriguru_.

Nos subimos al auto del tuitero y, en la primera frenada, nos dimos cuenta que habíamos cometido un error. El hombre no sólo manejaba extremadamente mal, sino que también tenía problemas para apretar suavemente el freno o meter los cambios. Parecía un auto chocador.

Se mandó por una calle empinada hacia el Microcentro, que estaba cerrada al tránsito. Sentía la aceleración en los oídos. Con Merca nos miramos y rezamos.

-Qué noche- nos dijo.

-Sí, ¿vos qué hacés de tu vida?

-Cosas. Que copado ser periodista. ¿Y este Pachter qué onda?

-No sé, eso vamos a ver.

Recuerdo que nos bajamos una cuadra antes del lugar de destino porque teníamos el estómago vacío, pero revuelto. Fue la última vez que vimos a @Ladriguru_.

-Este es un típico barrio judío- me señaló Merca - ¿Tenés la dirección?

-Sí, es en la otra cuadra.

-Pero boludo, nos bajamos antes.

-Sí, me tenía que bajar de ese auto, este pibe se la iba a dar contra uno que estaba estacionado.

Caminamos mirando para todos lados. Cien metros como peatones y casi llegando a la esquina, estaba el angosto edificio donde vivía Pachter. Tocamos el timbre.

-¿Quién es?

-Nosotros.

-Ahí baja un amigo a abrirles- se escuchó por el portero, en un extraño acento.

-... Un amigo... del Mossad. Vos sabés que en el PO nos persiguen todo el tiempo, yo sé cuando son de Inteligencia- me dice Merca en tono sarcástico.

No era un espía. El amigo era el compañero de departamento de Pachter. Hicimos un par de pasos hasta el único ascensor del edificio. Quedaba chico para los tres. Subimos un par de pisos, incómodos. Tuvimos que coordinarnos para salir del ascensor y entrar al departamento de Pachter, ya que la puerta de la casa y del ascensor estaban pegadas.

-Pasen, Damián está como loco escribiendo, en un toque viene – nos dijo el amigo, del cual no recuerdo el nombre.

El comedor de tres metros por tres tenía un desorden total. Nos sentamos en un sillón que apuntaba directo a una televisión. Había papeles, guitarras, ropa y cosas tiradas en cualquier lado. Merca me decía con la mirada "Son del Mossad".

Tres minutos después, apareció Pachter. Fue la primera vez que lo vi.

-Disculpame, estoy escribiendo la nota para el (diario israelí) Haaretz y en inglés.

-No hay drama, qué quilombo hiciste.

-Sí, terrible. Ahora me están llamando de todos lados. Esperen que tengo un Skype.

Cruzamos un par de palabras y se sentó en un sillón frente al nuestro. La primera impresión que me dio Pachter fue la de ser un periodista jugado, que no se guardaba nada. Tenía la mirada firme y sin temores, la determinación de comunicar a cualquier costo. Lo pude reconocer al momento, era uno de los míos. Y, por esos días, éramos pocos.

Hablamos dos minutos y se puso a dar una entrevista en hebreo a través de la cámara de su celular.

-Dale, vamos, que están re ocupados y nosotros tenemos que dormir- me dijo Merca, mientras me pegaba con la palma en la rodilla.

-Ok.

Nos volvió a acompañar hasta la salida el amigo de Damián.

-¿Viste que era del Mossad? - me dice Merca.

-Pará un poco, a mí me pareció un pibe normal- le respondí.

-Normal no es.

-Para vos todos los judíos son del Mossad. Pidamos un taxi.

Cosmos de la historia oficial

Apenas se abrió el Juzgado 45 de la doctora Viviana Fein, ingresó a declarar el técnico informático Diego Lagomarsino. Con el encubrimiento del homicidio del Fiscal Nisman en marcha, el hombre sólo tuvo que ir a dar su versión de los hechos, ya aceitada por sus oscuros asesores. Lagomarsino diría que el arma era de él y que Nisman se la había pedido porque temía por la seguridad de sus dos hijas, que, al momento del pedido, se encontraban en Europa. Diría que la Bersa Thunder calibre 22 era una herencia de su abuelo que tenía en una caja en un depósito, desarmada. Llevaría el arma hasta el departamento de su jefe, la armaría y le enseñaría las cosas básicas. Sin embargo, no se encontraría ADN de Lagomarsino en ninguna de las partes del arma. Omitió un nuevo detalle: con esa misma pistola le enseñó a disparar el espía El Moro. Fein creería de principio a fin su historia. En ese momento fuimos muchos los que empezamos a dudar de la Fiscal, quien confió ciegamente en los dichos de la supuesta última persona que vio con vida a Nisman.

La Jueza Sandra Arroyo Salgado había tomado un vuelo desde España junto a la hija quinceañera abandonada por Nisman. Antes, telefónicamente, intentó cuatro veces que un perito forense de su confianza esté en el momento de la autopsia de su ex marido. Primero se lo requirió al custodio Luis Miño. "Decile al que está a cargo que la autopsia no se hace hasta que no llegué yo", le dijo. El efectivo le pasó el teléfono al Jefe de la Policía Federal, el Comisario General Di Santo, que se encontraba en la escena del crimen desde el minuto uno, que escuchó la misma súplica. Más tarde, le hizo el pedido al Secretario de

145

Seguridad, Sergio Berni. "Le pedí que por favor le transmita al Juez que no se haga ninguna autopsia ni examen sobre el cuerpo de Nisman hasta que la familia no designe un perito", señala la mujer en su testimonio ante la Fiscal Fein. En un último intento antes de abordar el avión hacía Buenos Aires, a las 3.50 de la madrugada argentina, Arroyo Salgado habló por teléfono con Darío Ruíz, Secretario de Cooperación con los Poderes Judiciales del Ministerio de Seguridad. El funcionario le había mandado un mensaje de texto a las 2 de la mañana diciendo que él estaba ahí y que le pida lo que necesite, pero Arroyo Salgado no lo tenía agendado y no respondió hasta casi dos horas después. Al momento de la comunicación, Ruíz ya se había retirado de Le Parc, y se encontraba dentro del auto junto a Sergio Berni, a quien, por cuarta vez, reiteró el pedido de que no se haga la autopsia sin perito de parte. No hubo caso. En un teléfono descompuesto con cuatro personas y en su afán por salvar su cuello ante las irregularidades de la investigación, la Fiscal Viviana Fein dice que nunca le comunicaron el pedido de presencia en la autopsia, que se realizó desde las 5.30 de la mañana del lunes.

La pareja de Arroyo Salgado, Federico Elazar, presentó un escrito en la Fiscalía a las 9.30 para que se le permita tener un perito de parte en la autopsia de Nisman. Ya era tarde.

El bar Zakate, Tucumán 975, estaba frente a la fiscalía de Viviana Fein, siempre colmado por los periodistas que seguíamos el caso. Servía como refugio ante las altas temperaturas del verano en Buenos Aires, a sólo dos cuadras del Obelisco porteño, génesis del caos vehicular austral. Las cámaras de televisión que estaban en la vereda de enfrente apuntaban durante todo el día a la puerta del edificio judicial, esperando a los cada vez más bizarros personajes del caso, mientras que los cronistas y movileros se guarnecían del sol sentados en la sombra de las escalinatas del edificio de las fiscalías. Zakate tenía un menú diario de alrededor de 50 pesos. A veces tenían pescado, otras carne y de vez en cuando hacían un pulpo al escabeche que te dejaba perfecto para una siesta.

Las paredes de Zakate estaban llenas de fotografías viejas de Aníbal Troilo con su bandoneón, como si se tratara de una vieja tanguería. Las mesas eran chicas y se movían demasiado cuando uno quería cortar cualquier cosa. Las cerámicas eran las mismas para el piso que para la barra, con un color arena añejado, que hacía combinación con los manteles arratonados.

El mozo se llamaba Juan, y por alguna razón, siempre estaba malhumorado y con la misma camisa marrón manchada con mostaza y salsa de tomate, que hacía juego con toda la gran imagen. Era tan embroncado que no te decía el menú del día, simplemente dejaba una fotocopia con todo lo que había arriba de la mesa, y cada uno de los comensales elegía a gusto. El problema es que casi nunca había lo que uno elegía.

Una de las primeras declaraciones fue la del equipo forense, que entregó los resultados de la autopsia pasado el mediodía.

Señalaron que el arma se había disparado a menos de un centímetro de la cabeza, el proyectil había ingresado a tres centímetros por arriba de la oreja y que había espasmo cadavérico en el dedo índice del fallecido. La datación de la muerte fue a las 11 de la mañana del domingo.

-Ya se puede descartar que participaron terceras personas del hecho?- preguntó Fein, impaciente.

-No, no todavía- Le respondieron.

Después de terminar las actuaciones del día, la Fiscal salió a dar la primera de sus conferencias de prensa desde la puerta de la Fiscalía 45. Estaba con la misma camisa que había usado durante toda la madruga en Le Parc. "No descarto una instigación a Nisman o la inducción al suicidio" dijo la Fiscal, para luego asegurar que "nadie ha participado en el disparo, no hubo una mano que haya disparado que no sea de Nisman". Una afirmación muy lejana a lo que le había dicho el perito forense horas antes.

"No dependo del Poder Ejecutivo y yo cumplo con mis funciones en forma independiente como Fiscal de la Nación", fue la frase que encontró la fiscal para desligarse de las presiones que comenzó a recibir ni bien comenzó su labor, en el departamento de Nisman.

28 de abril

Infobae

El encargado de la autopsia de Nisman nunca descartó el crimen

A menos de 24 horas de la muerte de Alberto Nisman, la Fiscal a cargo de la investigación, Viviana Fein, sorprendió al declarar que de la autopsia realizada sobre el cuerpo sin vida del fiscal se descartaba la "intervención de terceras personas" en el fallecimiento. De esa manera, la magistrada abonaba rápidamente la teoría del suicidio.

Sin embargo, parece que otra fue la historia de la autopsia. Al día siguiente de estos dichos, el Decano de la Morgue Judicial - y encargado de inspeccionar el cadáver de Nisman-, Roberto Godoy, le envió una carta a Fein para aclararle que nunca habló con ella sobre sus conclusiones. Incluso, le aclaró que no podía descartarse la teoría del homicidio.

"En mi carácter de Decano del Cuerpo Médico Forense, no he mantenido ninguna conversación – verbal o escrita– con usted, durante el día de ayer, vinculada a la autopsia de referencia y, en consecuencia, tampoco manifesté que por los hallazgos necrópsicos, cabe excluir la eventual participación de terceras personas en el hecho de la muerte", señaló en el escrito que le envió Godoy a Fein, el pasado 20 de enero.

Al final del escrito, Godoy expuso los intentos de los especialistas de la Morgue para tratar de aclarar el "error" que entonces había dicho Fein frente a la prensa. "Con motivo de las expresiones contenidas en el comunicado emitido en la tarde de ayer (por el 19 de enero) así como por los medios de comunicación social, le solicité al doctor Fernando Trezza (Director administrativo de la Morgue Judicial) que estableciera comunicación con usted, con la finalidad de esclarecer la información incorrectamente suministrada (...) sin lograr que se atendieran los llamados".

El comunicado al que Godoy se refería señalaba que "la Fiscal Viviana Fein informa a todos los medios de comunicación y a la sociedad en general que alrededor de las 15.00 de hoy recibió el anticipo del resultado de la autopsia realizada sobre el cuerpo del Fiscal Alberto Nisman. El Decano de la morgue judicial le comunicó a la representante del Ministerio Público que en la muerte de Nisman no hubo intervención de terceras personas".

La carta, que reprodujo hoy el diario Clarín, llama la atención ya que se trata de un elemento del expediente sobre la muerte de Nisman que hasta ahora era desconocido. Y abona más a las dudas en torno a la investigación judicial, que, 99 días después, continúa sin poder acercarse a alguna hipótesis sobre por qué apareció el ex titular de la UFI-AMIA sin vida en el baño del departamento del edificio Le Parc. Hasta ahora, ni Fein ni la Jueza Fabiana Palmaghini pudieron descartar la teoría del homicidio o confirmar el asesinato.

La primera carta de Cristina Fernández de Kirchner

El primer informe que recibió la Presidenta sobre lo que estaba sucediendo en el departamento de Nisman se efectuó alrededor de la 1:30, cuando el Secretario de Seguridad Sergio Berni arribó al lugar. Con el celular en la mano y hablando con el Jefe de la Policía, señaló a Cristina que Nisman se había quitado la vida en el baño, con la puerta cerrada y que no había dudas del suicidio. Un informe más detallado fue entregado a la mandataria a las 2:30 de la mañana, cuando se comunicó con ella nueva-mente el Secretario de Seguridad y le informó que se retiraba, luego de haber asegurado la escena del suicidio.

La Presidenta estaba segura que todo había ocurrido como se lo contaban. Confiaba en Berni, era una de las cuatro personas que se sentaban en la mesa chica de decisiones y mediáticamente respondía con creces ante los descalabros que realizaban los efectivos de calle.

El lunes por la noche, decidió publicar una carta en la red social Facebook.

AMIA. Otra vez: tragedia, confusión, mentira e interrogantes, 19 de enero.

La muerte de una persona siempre causa dolor y pérdida entre sus seres queridos, y consternación en el resto. El suicidio provoca, además, en todos los casos, primero: estupor, y después: interrogantes. ¿Qué fue lo que llevó a una persona a tomar la terrible decisión de quitarse la vida?

151

En el caso del ¿suicidio? del Fiscal a cargo de la causa AMIA, Alberto Nisman, no sólo hay estupor e interrogantes, sino que además una historia demasiado larga, demasiado pesada, demasiado dura, y por sobre todas las cosas, muy sórdida: la tragedia del atentado terrorista más grande que se produjo en la Argentina. Estaba finalizando la secundaria. Viajaba todas las semanas a Santa Fe, y aquel lunes 18 el horror modificó todas nuestras rutinas.

¿Es casualidad que el miércoles 14 el Fiscal presenta ¿su? escrito de 350 páginas sin avisarle a Canicoba Corral, Juez de la causa principal, y directamente las remita al Juez Lijo? Sí, el mismo que sobreseyó a Corach por encubrimiento.

¿Es casualidad que la tercera tapa secuencial de Clarín sea precisamente este hecho?

¿Cómo pueden decir que el Fiscal volvió porque temía que la Procuradora lo removiera de su cargo si el propio Nisman admitió, nada más ni nada menos que en TN (el cable del monopolio y feroz detractor de la Procuración), que la Dra. Gils Carbó lo llamó para ofrecerle más protección y si necesitaba más custodia?

Como decía al principio: interrogantes que el Poder Judicial DEBE investigar, como también el hecho de que sea un empleado de la Fiscalía el que le suministra el día sábado el arma calibre 22 que le provoca la muerte. ¿Para defensa? ¿Un arma calibre 22? Cuando el Fiscal vivía en la Torre Le Parc de Puerto Madero, con sistemas de vigilancia inteligentes, con códigos de ingreso, monitoreo de cámaras y custodia constante de Prefectura, y contaba además con custodia propia de 10 agentes de la Policía Federal.

Hoy más que nunca, no se debe permitir que una vez más se intente hacer con el juicio de encubrimiento lo que ya se hizo con la causa principal. Porque se descubrirá a los autores del atentado cuando se sepa quiénes los encubrieron. En Argentina todavía debemos remarcar lo más obvio y simple.

Creo que los argentinos nos merecemos no ser tan subestimados en nuestra inteligencia y mucho menos cuando 85 víctimas y sus familiares todavía esperan justicia después de 21 años.

En la carta dejaba claro que creía que Nisman se había suicidado, pero en la calle había demasiadas dudas sobre todo el caso.

Para la opinión pública, el suicidio dejó de ser viable al siguiente día y CFK quedó en una posición incómoda, luego de haber escrito de forma intempestiva esta carta.

Lamentablemente

Los problemas para el cierre rápido de la causa por suicidio comenzaron con el resultado negativo del barrido electrónico en las manos del Fiscal Alberto Nisman. El primer estudio para buscar restos de detonación de la Bersa 22 había fracasado rotundamente y comenzaban a germinar dudas sobre el caso. Para peor, la Fiscal Viviana Fein dijo: "La pericia de búsqueda de restos de pólvora en las manos lamentablemente dio negativo", durante una entrevista con el periodista Marcelo Longobardi.

A Fein, decir "lamentablemente" le salió del alma y la dejó en evidencia. La única motivación de Fein en esta causa sería cerrar el caso como suicidio rápidamente, tal vez en una semana y no generar problemas con el Gobierno. La presión directa para conseguir este final era ejercida por la ultrakirchnerista Fiscal General de la Nación, Alejandra Gils Carbó. Fein aceptó la inducción. Pensaba poder irse de vacaciones la próxima semana a un crucero que ya había pagado meses antes. Algo que, en los papeles, sería fácil para una Fiscal y una Jueza con tantos años de experiencia en sus cargos. Así se maneja la Justicia, con impunidad por la impunidad misma, la búsqueda de Justicia en su mínima expresión, eclipsada por el poder de turno. Pero los errores periciales en este caso cambiaron los planes. Fein no pudo salirse con la suya, y por eso tuvo que mantener la postura del suicidio durante todo el caso.

La Fiscal Fein estaba bajo el control de la investigación, que ese día tenía nueva jueza: De Campos, el subrogante, le dejaba su lugar a la titular del juzgado de Instrucción 21, Fabiana Palmaghini, quien se encontraba de vacaciones en las playas de Brasil y decidió volver cuanto antes al país. Aunque decidió no desgastarse mediáticamente y pasarle casi todo el poder a Fein.

Palmaghini era una experta en suicidados. Ya había tenido a su cargo el caso del insólito suicidio de Lourdes Di Natale, la ex secretaria de Emir Yoma que apareció muerta en 2003. La mujer fue encontrada en posición fetal en un patio. La única forma que el cuerpo haya caído de esa forma, era si dos personas la arrojaban al vacío. Tenía 3,15 gramos de alcohol en sangre por litro, cantidad que a cualquier persona le daría un coma alcohólico. Supuestamente, se había caído tratando de cortar la tv por cable de un vecino. El cuchillo que habría utilizado para cortar el tendido no tenía sus huellas.

También intervino en el caso del periodista Juan Castro, que se habría tirado desde el balcón de su casa. En esta causa, la Jueza responsabilizó por la extraña muerte a los seis médicos del difunto.

La Fiscal tenía tres hipótesis sobre su escritorio: suicidio, suicidio inducido o suicidio por delirio fatal. Nunca considero la teoría de homicidio.

Una de las perlas de Fein es que cuando los periodistas intentábamos llamarla, sonaba como ringtone en su teléfono celular la bachata "Cancioncitas de Amor", de Romeo Santos.

En el arma sólo se encontró ADN de Nisman, algo raro, ya que Lagomarsino, en su declaración, señaló que había trasladado la Bersa 22, la había armado en la casa del fallecido y le había enseñado a usarla. "Lo que se puede informar de modo categórico del resultado de laboratorio químico practicado para el cotejo de ADN sobre el material, solicitado por la Fiscalía y secuestrado en el curso del procedimiento realizado el 19 de enero, es lo siguiente: en remera, short, pistola, cargador, cartuchos y vainas se halló un mismo perfil genético que coincide con el perfil genético de la muestra referida como indubitable del occiso". Este detalle daba a entender que la limpieza de las evidencias parecía haber sido demasiado profunda y poco práctica para los resultados esperados.

En un día agitado y casi al cierre de las ediciones de los diarios, se publicó la denuncia completa de Nisman por encubrimiento contra Cristina Fernández de Kirchner y los demás. Eran 289 páginas. 75 MB imposibles de bajar. La página donde se había colocado el informe estaba saturada y se caía a cada rato. Estaba ansioso por leerlas todas, aunque me llevara toda la noche y al otro día llegara extenuado al trabajo. Con colegas, nos pasábamos por WhatsApp los puntos más destacables o las perlitas en las conversaciones grabadas desde el teléfono de Yussef. Fue una noche larga, que no me dejo preparado para lo que sucedería el día siguiente.

El miércoles 21 de enero se confirmaría la confabulación del magnicidio. Por la mañana se presentó a declarar el cerrajero Walter, que fue llamado para abrir la puerta que los custodios de Nisman tardaron 12 horas en abrir. "La puerta de servicio estaba abierta, empujé la llave y entré en dos minutos. La llave estaba puesta del lado de adentro. Levantamos la llave un poquitito y la abrí. Tardé un segundo, me llevó más tiempo guardar las cosas, habré estado diez minutos en total". Los custodios fueron y vinieron dos veces con la madre de Nisman, porque no podían entrar al departamento. Eran más las ganas de estirar los tiempos que de ingresar al mismo. ¿Por qué?

Otro de los datos que surgió era la tercera puerta para ingresar al departamento, una salida a un pasillo donde se encuentran los aires acondicionados de las unidades y por el que se puede ingresar desde otro departamento. Allí habían trabajado personas arreglando los aires acondicionados días antes de la muerte de Nisman y se encontró una huella de zapato y otra digital, en una baranda. Frente a Nisman vivía una pareja de ejecutivos japoneses de la firma NEC, que también fueron apuradamente a declarar ante Fein ese día. La mujer, por miedo, dejó a su marido sólo y volvió a su país de origen.

A esto se le sumaron, ese mismo día, las apariciones televisivas del Secretario de Seguridad Sergio Berni, contradiciéndose constantemente sobre su actuación y los horarios en que llegó a Le Parc, si entró antes o después que el Juez y que la Fiscal a la escena del crimen, terminaron de sembrar las dudas en los hombres de a pie.

Las declaraciones de Berni fueron desastrosas. En la primera aparición, por la tarde del martes y en un canal oficialista, dijo: "Llegué tipo 12 junto al Juez y esperamos a la Fiscal". Había llegado 1.26 y el Juez estaba allí desde hacía media hora, con efectivos de Prefectura impidiéndole el paso a la escena del crimen.

En una segunda entrevista, minutos después, se contradijo: "Llegué dos o tres minutos antes que el Juez, llegamos casi juntos. Estuve hablando con la custodia, subí y atrás mío entraba el Juez. Le avisé a la Presidenta, claro que sí. No ingresé al lugar donde estaba Nisman. Estuve en la cocina con familiares, de ahí a la habitación con la madre y ahí vino el Juez".

En una tercera declaración, aseguró que "sólo se acercó a mirar" dónde estaba Nisman.

Además de la incongruencia sobre el horario en que llegó al lugar, utilizó a la madre como coartada, tal como lo habían hecho los policías. Dijo que le insistió a Sara Garfunkel para que le de atención a Nisman, pero la mujer le dijo que ya estaba muerto y que pensaba que se había resbalado en el baño y se había matado solo. La cuestión es que Sara hacía más de tres horas que estaba con el cuerpo cuando llegó Berni, quien sobreactuó todo el tiempo frente a ella.

Nadie le creía. Berni sucumbía al tratar de explicar su accionar.

Lagomarsino entra al juego

Con una insólita entrevista con fines de operación de prensa del diario oficialista Página 12, hizo su aparición mediática el hasta entonces sólo técnico informático Diego Lagomarsino. La increíble entrevista no fue hecha directamente a Lagomarsino, sino que se utilizó un intermediario que cuenta lo que supuestamente le dijo Lagomarsino.

Poco se sabía de él durante la primera semana de la investigación. El gran rumor era que pertenecía a los servicios de Inteligencia. Rápido de reflejos, Lagomarsino fue el primero en declarar en la causa y armó, de alguna forma, la historia oficial sobre el suicidio de Nisman. El mismo día en que se publica la nota, la Fiscal Fein emitió un comunicado diciendo que desconocía el paradero del testigo clave del caso y que no le había puesto custodia oficial. Parecía ridículo que no se lo proteja. Los rumores señalaban que se encontraba en un hotel porteño, con todo un piso cerrado y bajo la protección de la Policía Federal o la Metropolitana. Nada de eso era cierto. Lagomarsino se encontraba en la casa de un amigo, totalmente desprotegido y disponible a la fuga. En la opinión de muchos, debía estar preso desde el primer momento.

Algunos días después, la Jueza de Lomas de Zamora Silvia González admitió elípticamente ante la Fiscal Fein haber sido la persona que proveedora las textuales de Lagomarsino. "Diego vino a casa y contó algo de lo que después creo que dijo en los medio, tenía miedo que se lo vinculara con los servicios de Inteligencia y, por eso, no conseguir nunca más trabajo".

Ah, ¿adivinen qué? La Jueza González es uno de los peones políticos del Vicegobernador de Buenos Aires, el ultrakirchnerista Juan Gabriel Mariotto, quien había hecho lobby para que sea elegida como Fiscal General de Lomas de Zamora. Pero la jugada salió mal y terminó como jueza del Tribunal 8 de esa misma sección judicial.

La necesidad de la nota era doble: apuntalar la teoría del suicidio y empezar con el ataque oficial a Jaime Stiuso. Pero, de tan embalados que estaban los muchachos con la exclusiva, se pasaron de rosca. La Jueza González afirmó ante Fein que nunca dijo ante el periodista de Página 12 que Lagomarsino había citado o conocía a Stiuso.

Mala suerte para inventar. Stiuso está en la cita textual del título de la nota.

22 de enero

Página 12

"Me contó que Stiuso le dijo que se cuidara"
Por Raúl Kollmann

El último hombre que vio con vida a Alberto Nisman, Diego Lagomarsino, se conectó a través de otra persona –una magistrada– con Página/12. "No soy un agente de Inteligencia, no tengo nada que ver ni jamás conocí a Jaime Stiuso", mandó a decir. El técnico informático relató que el sábado lo llamó Nisman y le pidió la pistola prestada: "Me dijo que era por seguridad. Que el día anterior lo había llamado Stiuso y le dijo que se cuidara de la custodia y que, además, tuviera precaución con la seguridad de sus hijas". Lagomarsino llegó a la torre Le Parc de Puerto Madero, lugar al que iba habitualmente; la guardia consultó al Fiscal, éste lo hizo pasar y no hubo revisación de ningún tipo. Hoy en día, recapitulando lo sucedido, asegura que siente culpa porque en ese momento no se le ocurrió pensar que no debió prestarle una pistola a alguien en esa situación de presión.

La versión de Lagomarsino fue transmitida a este diario a través de una Jueza amiga desde hace años de la familia del técnico informático. "Es un pibe joven, casado y con hijas chicas. Tiene mucho trabajo: le decimos 'Cerebrito', porque arregla todos los problemas en las computadoras. Yo le creo", sostiene la Jueza. Como es obvio, este diario no tiene elementos para creer o descreer de la versión del técnico informático. Si fuese cierta la versión que transmite Lagomarsino a Página/12, por primera vez aparece nombrado directamente Antonio Stiuso en relación con los hechos de la última semana. El ex Director de Contrainteligencia de la Secretaría de Inteligencia, despedido en diciembre pasado cuando la Presidenta decidió cambiar la cúpula del organismo, mantuvo en los últimos años una estrecha relación con el fiscal Nisman, que el Juez Rodolfo Canicoba Corral definió la semana pasada como de subordinación del funcionario judicial al de los servicios de Inteligencia. Desde la presentación de la insólita denuncia del Fiscal, en la Justicia todos vieron la mano del espía en la iniciativa, como una forma de venganza por su despido, y señalaron a Stiuso como posible responsable del abrupto regreso de Nisman de sus vacaciones para presentar al día siguiente su escrito. Pero la versión de Lagomarsino lo coloca en estrecha relación con el fiscal hasta el último momento.

La versión de Lagomarsino, según lo manifestó la Jueza que habló con este periodista, es que en la Unidad Especial AMIA había otros contratos altos, del mismo valor. Lagomarsino asegura que se dedicaba a copiar y desbloquear archivos y que realizaba backups de archivos que le pedía Nisman.

—¿No es una cifra desmesurada para ese trabajo?

—Diego dice que a veces el Fiscal lo citaba a la una de la mañana de un sábado. Que debía estar listo todo el tiempo. Es cierto que iba poco a la Fiscalía. El afirma que la mayor parte del trabajo lo hacía de forma remota: le mandaban los archivos y él los desbloqueaba o copiaba o hacía los backups. Diego dice que nunca conoció el contenido de esos archivos.

—¿Y cómo consiguió ese trabajo tan bien remunerado?

—Un Juez de San Isidro tenía problemas en la computadora de su casa y recurrió a Diego. Como siempre suele suceder, Diego arregló los problemas. Le aseguro que es un tipo genial. Nisman también tuvo problemas en la computadora y este Juez se lo recomendó. Así empezó la relación. Después Nisman le preguntó si no quería un contrato en la Fiscalía. El no era monotributista sino responsable inscripto. Diego dice que en la Unidad AMIA había otros contratos de ese nivel.

Consultados por Página/12, en la procuración insisten con que semejante contrato es de lejos el más alto en la Unidad AMIA, que manejaba el Fiscal Nisman, y en todas las fiscalías en general. Destacan que, en el momento de su inicio, Lagomarsino sólo tenía el secundario completo.

–¿Cómo fue que le prestó el arma?

–Diego cuenta que Nisman lo llamó por teléfono y, como declaró ante la Fiscal, le pidió prestada el arma. Le dijo en esa conversación que Stiuso lo había llamado el viernes y le había dicho que debía tener cuidado. Que desconfiara de su custodia y que les pusiera seguridad a sus hijas. Eso es lo que le contó Nisman a Diego para justificar que le pedía el arma. Hoy en día, Diego llora todo el día. Está destruido y se siente culpable.

–¿Por qué?

–Básicamente porque no pensó en ese momento. Se pregunta cómo no se dio cuenta de que Nisman debía tener facilidad para conseguir un arma y no evaluó por qué se la pedía a él. También piensa ahora que era raro que le pidiera algo por seguridad cuando tenía semejante custodia. Pero, claro, Stiuso supuestamente le había recomendado que desconfiara de los custodios. Aun así, se pasa el día llorando. Hoy en día, cree que Nisman tenía tomada la decisión (de suicidarse) el sábado a la noche cuando Diego le llevó la pistola.

–¿Tiene miedo?

–Diría, más que todo, angustia. Se pasa el día llorando. Cuando se enteró a la mañana temprano del lunes, pidió consejo a otro Juez, porque no me encontró a mí. Ese Juez le aconsejó presentarse de inmediato. Fue solo a declarar el lunes a las 9 de la mañana. Estaban la Fiscal Fein y el Juez Manuel de Campos. Diego lloró durante toda la declaración.

–¿Usted sabe cuál era la relación de Lagomarsino con el Fiscal?

–No en detalle. Diego siempre dijo que tenía una relación de confianza, pero que siempre el Fiscal le hacía sentir que él era el jefe. Quizás dé una pauta que, en los últimos meses, Nisman contó que había dejado terapia y que había optado por respaldarse en El Arte de Vivir (nombre del grupo de autoconocimiento, yoga y meditación fundado por el gurú Sri Sri Ravi Shankar, nacido en India).

–¿Cómo fue el último encuentro, cuando le entregó el arma?

–Diego contó que no fue muy largo. Como era habitual, lo hizo entrar por la puerta de servicio. Nisman estaba solo en el departamento y lo invitó a tomar un café. Le llamó la atención que se lo tuvo que preparar él mismo. Estuvieron sentados en la mesa y Diego dice que lo vio tranquilo. Al ratito se fue, pero esta vez por la puerta principal, algo que no era usual. También recuerda que la despedida fue sin darse la mano porque justo se abrió el ascensor, donde había unas mujeres, y no le dio tiempo.

–¿Relató algún encuentro anterior?

–Creo que dijo que el anterior fue justo el día en que el Fiscal iba a hacer la denuncia, el 13. Y ese día le llamó la atención una frase de Nisman: "Yo esto lo tengo que hacer, no tengo alternativa".

Los investigadores consideran que Lagomarsino no tuvo relación directa con la muerte de Nisman en el sentido de que no estaba en el edificio cuando la autopsia fija el horario de la muerte, entre las 14 y las 15 del domingo. El técnico informático fue a entregarle el arma a las 20 del sábado y se retiró del edificio un rato más tarde. Su ingreso y egreso quedaron registrados en la guardia. Su participación, por lo menos en lo que hasta ahora hay en la causa, consistió en prestarle la pistola. Esa es la razón por la que la Fiscal Fein no lo acusa de ningún delito.

Tras su declaración del lunes, Lagomarsino le prometió a la Fiscal que no hablaría con los medios, razón por la cual no fue posible dialogar con él en forma directa. Sin embargo, recurrió a una magistrada conocida de su familia, para salir al cruce de la versión del martes que le adjudicaba un posible vínculo con algún servicio de Inteligencia. En la procuración ayer le entregaron a la Fiscal los detalles de los contratos sucesivos que firmó, pero más allá de eso, no tienen datos, porque Lagomarsino dependía directamente de Nisman.

La segunda carta de Cristina Fernández de Kirchner

Tres días después que el Gobierno Nacional defendió a capa y espada a Berni, las cosas cambiaron. Fue el Secretario Privado de la Presidente y su hijo quienes alertaron sobre lo que pensaba la calle. Un 70% de la población creía que a Nisman lo habían matado y que, luego de la primera carta que había escrito CFK, donde se señalaba un suicidio, ellos quedaron como parte de esa confabulación. El Jefe del Ejército vio la oportunidad y alertó a Cristina Fernández de Kirchner que algo raro había pasado con el accionar del Secretario dentro de Le Parc.

Se sintió engañada. Traicionada por una persona que creía de confianza. La indignación popular se nota en cada esquina. La venganza iba a ser absoluta.

Como decía, tres días después de la primera carta, CFK dio vuelta en el aire y escribió una nueva carta, apuntando a que Nisman lo asesinaron y poniendo en duda el rol del técnico. También había una parte muy inquietante: usaba notas y tapas del medio en inglés y dependiente de la pauta oficialista, Buenos Aires Herald, donde trabajaba Damián Pachter, para despreciar la denuncia realizada por Nisman contra ella. También tomaba la información de Página 12 sobre Lagomarsino y las carpetas con información clasificada de la SIDE para sembrar dudas sobre el técnico informático, el asesino perfecto para el Gobierno, una vez caída en desgracia entre las masas la teoría del suicidio. En ese momento las neuronas del oficialismo pensaban que si lograba hacer creer que Lagomarsino tenía algún tipo de relación con Nisman, aprovechando los lazos financieros y de amistad que los unían, se podía derrotar la idea del magnicidio con un crimen con móvil pasional. Así convencieron a Cristina Fernández de Kirchner, fanática de series norteamericanas en Netflix.

22 de enero

AMIA y la denuncia del fiscal Nisman

Los espías que no eran espías. Los interrogantes que se convierten en certeza. El suicidio (que estoy convencida) no fue suicidio.

Ayer los argentinos tomamos conocimiento de la denuncia completa del Fiscal Nisman. Siempre se ha dicho que el idioma inglés, a diferencia del español, no tiene tanta diversidad de palabras para definir objetos, situaciones, adjetivos, etc. Y es cierto. Pero debo reconocer que en esta oportunidad, al ver y leer en el día de la fecha la tapa del diario porteño "Buenos Aires Herald", la economía de vocabulario tiene también sus ventajas. En efecto, el referido matutino expresa su opinión sobre la denuncia del Fiscal Nisman y lo hace con precisión quirúrgica, o tal vez lingüística. Sobre un facsímil del dictamen, dos palabras inapelables: "Nothing new". En español: "Nada nuevo".

Decía que la lectura de la misma no hizo más que confirmar mis peores sospechas. Tenía razón el "Buenos Aires Herald": "Nada nuevo". Pero también por otras razones: al informe de Nisman le "plantaron" información falsa. Casi una réplica de lo que me tocó ver en la comisión que seguía la investigación de la causa principal. Los presuntos agentes de inteligencia que Nisman identificaba como miembros de una ¨SIDE paralela¨ en conexión ¨directa¨ con la Presidenta, Ramón Allan Héctor Bogado y Héctor Yrimia, NUNCA habían pertenecido a la Secretaría de Inteligencia, bajo ningún carácter. Es más, con fecha 12 de noviembre del 2014 la Secretaría de Inteligencia denunció criminalmente al Sr. Bogado por la posible comisión del delito de ¨tráfico de influencia¨, ya que presentaba ante funcionarios de Aduana como personal de inteligencia. La causa tramita en el Juzgado Nacional en lo Criminal y Correccional Federal N° 9.

Aquí es bueno recordar declaraciones del Fiscal Nisman realizadas el 14 de enero de 2015 en el programa ¨A dos voces¨ del cable TN (ya saben de quienes se trata). Allí, ante una pregunta sobre el Ing. Stiuso: Alfano: "¿Y que hizo Stiuso?", Nisman contesta: "Absolutamente todo lo que yo le pedía. Con quien coincidía muchas veces y tenía muchísimas discrepancias. Stiuso en un excelente profesional. No tengo dudas, pero a veces Stiusso como todo hombre de Inteligencia venía y me decía "tengo ésta prueba, en tal hecho participó fulano" y la explicación que me daba cuando me hablaba era coherente, la prueba la daba un informante de la triple frontera, "pero escúcheme, para Inteligencia es bárbara ésta prueba, yo tengo que ir ante un tribunal, me sacan corriendo, que digo me lo dijo el señor Stiusso" y se generaban discusiones. Yo solamente validaba jurídicamente lo que le podía dar validez judicial". Textual.

Si Stiusso era el que le daba toda la información que Nisman pedía y tenía, es más que evidente que fue el propio Stiuso el que le dijo (¿o le escribió?) que Bogado e Yrimia eran agentes de inteligencia. ¿Es posible que se haya olvidado que él mismo lo había denunciado en noviembre del año pasado y se había iniciado causa judicial? Y si se había olvidado un hombre tan memorioso ¿No consultó con la oficina de Recursos Humanos?

Asimismo llama la atención que el Fiscal Nisman, o quienes lo asesoraban en la investigación, se hayan interesado únicamente en escuchar telefónicamente a Khalil cuando hablaba con determinadas personas. En cualquier parte del mundo una investigación antiterrorista seria, lo primero que hace es determinar vínculos comerciales, de financiamiento, etc.

En síntesis, la acusación de Nisman no sólo se derrumba, sino que constituye un verdadero escándalo político y jurídico. Y ahí está una de las claves. El Fiscal Nisman no sabía que los agentes de Inteligencia que él denunciaba como tales, no lo eran. Mucho menos que uno de ellos había sido denunciado por el propio Stiusso.

Tampoco investigó, fuera de las escuchas que le suministraba Stiuso, al ciudadano Jorge Alejandro Khalil.

A esta altura los interrogantes que me planteaba el 19, se van convirtiendo en certezas, igual que cuando se avanzaba en la investigación de la causa AMIA.

La denuncia del Fiscal Nisman nunca fue en sí misma la verdadera operación contra el Gobierno. Se derrumbaba a poco de andar. Nisman no lo sabía y probablemente no lo supo nunca. La verdadera operación contra el Gobierno era la muerte del Fiscal después de acusar a la Presidenta, a su Canciller y al Secretario General de La Cámpora de ser encubridores de los iraníes acusados por el atentado terrorista de la AMIA.

El estrépito de la denuncia, sumado al marco internacional por lo sucedido en Francia, que aún sin pruebas ni sustento, plagada de información "plantada", quedaba sepultada por la muerte del Fiscal. Eso sí, bajo la forma de aparente suicidio. Recurso que ya ha sido utilizado en muchos casos tristemente célebres. Quiero recordar uno en especial para retomarlo más adelante, el de Lourdes Di Natale quién se "suicidara" tirándose por un balcón.

Al Fiscal Nisman no lo hacen volver sólo para denunciar algo que sabían no tenía sustento y que no podía perdurar. Cuando la periodista Sandra Russo analiza el caso en Página 12 bajo el título "El truco de la confusión" y afirma: "Quisieron usar vivo a Nisman y ahora lo usarán muerto", se equivoca. Lo usaron vivo y después lo necesitaban muerto. Así de triste y terrible.

Porque surgen nuevos interrogantes a medida que se hacen públicas muchas cosas. ¿Porque habría de suicidarse alguien que escribe un mensaje en su chat como el que escribe el Fiscal Nisman cuando explica a un grupo cerrado de amigos su regreso intempestivo al País? En un tono casi épico, reflejando que venía a cumplir una tarea "para la que se había preparado pero no se la imaginaba tan pronto".

¿Por qué se iba a suicidar alguien que en su chat explica que la tenía pensada hace tiempo pero que la había tenido que adelantar? ¿Tal vez lo hicieron venir por lo ocurrido en Francia? ¿O estaba pensada para la campaña presidencial? ¿O tal vez se adelantó por los cambios efectuados en la Secretaría de Inteligencia?

¿Por qué se iba a suicidar alguien que el sábado a las 18.27hs le envió una foto a un Wolff, miembro de la DAIA, de una imagen de su escritorio donde se ven papeles y resaltadores, y le aseguraba que se estaba preparando para la reunión del día lunes en Diputados? El propio Wolff expresa textualmente: "Le escribí para consultarle sobre quién debía levantar el secreto de sumario sobre los miembros de los servicios de inteligencia. El me respondió que quien lo tenía que hacer era el Secretario de Inteligencia, Oscar Parrilli y me envió una foto del escritorio en el que estaba trabajando".

¿Por qué se iba a suicidar si no sabía que era falsa la información que estaba en el informe? Estas respuestas seguramente las podrán dar quienes lo convencieron de que tenía en sus manos "la denuncia del siglo" proporcionándole datos falsos.

Pero además, si hubiera tenido sospechas de falsedad de información o de falta de sustento en el supuesto de que se lo habían escrito "otros" ¿Por qué se iba a suicidar alguien que ya había sido acusado por numerosos familiares de las víctimas del atentado en la AMIA o directamente lo habían recusado? ¿En qué hubiera cambiado su vida si el informe no tenía sustento y el Juez a cargo, como es común, corriente y sucede a diario, le dicta un "téngase presente y resérvese hasta que se adjunte más prueba"?

¿Por qué se iba a suicidar alguien que siendo fiscal gozaba, él y su familia, de una excelente calidad de vida?

Pero además ¿Por qué iba a pedir prestada un arma para suicidarse cuando el Fiscal tiene registradas dos armas a su nombre en el RENAR? Una pistola semiautomática marca Bersa calibre 22 plg largo rifle (similar a la que fue hallada junto a su cuerpo) y un revólver acción doble marca Rossi calibre 38.

Resulta imposible no observar que en cualquier lugar del mundo, si alguien aparece muerto por un arma que está registrada a nombre de otra persona y esa misma persona resulta ser la última que estuvo con él en vida, le entregó el arma en el mismo lugar del hecho, su casa, y es un íntimo colaborador suyo especialista en informática que trabaja también en la causa AMIA desde el año 2007, resulta cuanto menos raro. Muy raro. Por eso es más que conveniente que se le otorgue mucha protección al Sr. Diego Ángel Lagomarsino.

Como también resulta muy conveniente que se ordenen sumarios e investigaciones lo más rápidamente posible sobre la propia custodia del Fiscal Nisman. Esto es: los 10 policías federales. ¿Si informaron inmediatamente de descubierto el hecho al 911 o a sus superiores?

¿Cómo se permitió el ingreso al lugar donde estaba el cuerpo del Fiscal Nisman a un médico privado de una obra social antes de dar cuenta al Juez, a sus superiores, a los forenses?

Interrogantes estos y otros que deberán ser investigados por la Jueza y la Fiscal de la causa. Si, ya se. Llegaron a mí las publicaciones en Twitter y Facebook de la Jueza interviniente. Manifestaciones no solamente de neto corte opositor hacia el Gobierno Nacional, sino que diría hasta ofensivas hacia la figura presidencial que revisten mayor gravedad proviniendo de una funcionaria pública de otro Poder. Dicho sea de paso, también tuvo expresiones hacia su propia institución cuanto menos, poco felices.

No fue casual que en única nota que publiqué el 19 de enero, antes de conocer la denuncia de Nisman, en el segundo párrafo, y refiriéndome concretamente a la muerte del Fiscal Nisman, escribí con signo de interrogación "¿suicidio?".

Hoy no tengo pruebas, pero tampoco tengo dudas. Había que traer urgente al país para aprovechar el estrépito internacional provocado por los actos terroristas ocurridos en Francia. Nisman mismo lo expresa en su chat cuando dice que no lo imaginaba tan pronto refiriéndose a lo que venía a hacer en su retorno imprevisto.

Sin embargo, el caso del Fiscal Nisman es diferente. Todos los casos mencionados remiten a cuestiones de corrupción y dinero. El caso AMIA es otra cosa. Es el mayor atentado terrorista que sufrió nuestro País y cobró la vida de 85 argentinos. Las víctimas y sus familiares esperan justicia hace 21 años y es precisamente desde allí, desde el Poder Judicial, único encargado de investigar, acusar, juzgar y condenar a los responsables de tanta tragedia, desde donde se puede cumplir esa demanda permanente de Verdad y Justicia.

Seguimiento en el aeropuerto

En una causa llena de operaciones de prensa para tratar de desacreditar a las víctimas, convirtiéndolas en victimarios de hechos de los que no pueden defenderse, una de las que más me sorprendió fue la publicación de un video hecho por las cámaras de seguridad del Aeropuerto Internacional de Ezeiza, cuando el Fiscal Alberto Nisman llegó de urgencia a Buenos Aires, el 12 de enero.

Las imágenes se dieron a conocer el 22 de enero en la cadena de noticias oficialista C5N. Allí se podía ver a Nisman siendo ayudado llegando al país y siendo ayudado por una persona. Algo totalmente inherente para la causa, que llenó horas y horas de noticieros de todos los canales, sirviendo para sacar el foco de la atención en la lenta investigación de Fein.

Lo interesante de esta grabación es cómo se sigue al Fiscal dentro del aeropuerto y cómo se llegó a tener esas imágenes, que deberían ser recelosamente guardadas por los empleados de Seguridad Aeroportuaria. La Fiscal Federal de Lomas de Zamora, Patricia Cisnero, había pedido la apertura de una investigación para determinar cómo habían sido tomadas las imágenes de Ezeiza y si Nisman era seguido por inteligencia. El Fiscal Guillermo Marijuan fue quien se presentó como denunciante y recayó en el Juez Federal Rodolfo Canicoba Corral quien, junto al Fiscal Federal Pedro Zoni, se declaró incompetente por jurisdicción. La causa fue remitida a Lomas de Zamora, con jurisdicción sobre Ezeiza.

El miércoles 4 de marzo, el Juzgado 1 de Lomas de Zamora, a cargo de Alberto Santamarina, realizó un allanamiento en la zona de seguridad de Ezeiza y determinó que el Jefe de Aduanas, Gonzalo Tzareff, había ingresado al sistema con su clave personal y tomado las imágenes con un teléfono celular del cual ya se había descartado, que luego filtraría al Servicio de Inteligencia, para que las difunda. Tzareff fue detenido durante un día y luego liberado, con procesamiento por incumplimiento de los deberes de funcionario público y abuso de autoridad. La maniobra fue detectada por el personal del área de Cibercrimen del Departamento de Investigaciones Especiales y Complejas de la Policía Metropolitana, quienes determinaron que el 21 de enero, el usuario correspondiente a Gonzalo Tzareff accedió a los registros fílmicos que captaron la secuencia del recorrido del Fiscal Nisman el día de su arribo.

El escape de Damián Pachter

-¿A vos te llegó lo mismo que a mí?- fue el mensaje que recibí de Adrián Bono, redactor de Infobae. Lo había conocido tres días atrás, cuando nos invitaron juntos a un programa de televisión. Bono seguía el caso y había trabajado como editor en el Buenos Aires Herald, cuando todavía era un medio respetado. Allí recomendó a Damián Pachter, tres meses antes de su partida al medio digital de Daniel Hadad, un empresario de las comunicaciones que dos años atrás fue presionado por el Gobierno para que venda su canal de noticias C5N, uno de los más vistos del país, al zar del juego Cristóbal López.

-Sí, ¿qué hacemos?- fue mi respuesta.

-Esperemos. Esto es muy raro.

-Okey.

El viernes a la mañana nos había llegado un mensaje desde un teléfono desconocido diciéndonos que ese día estuviésemos atentos, que algo iba a pasar durante la noche. ¿Qué podía pasar? Cualquier cosa. Mi racionamiento era que un periodista que había recibido un sobre con información de Nisman horas antes de su muerte nos iba a entregar el contenido de ese paquete para que lo publiquemos en nuestros medios.

A todo esto, Damián Pachter había desaparecido el jueves a la noche y nadie sabía dónde estaba. Sus compañeros me preguntaban a mí qué había sucedido. Uno de los que se comunicó para saber su situación fue Bono, que había metido a Pachter a trabajar al Buenos Aires Herald y que habían compartido tres meses de trabajo juntos en ese medio, antes que él pasara a Infobae.

Pachter no le respondía a nadie. Decidí mandarle un mensaje simple de WhatsApp: Damián, hay mucha gente preocupada por vos, mandame solamente un ok para saber si estás bien. La respuesta fue monosílaba: ok.

Al menos una decena de compañeros de Pachter en Ámbito y el Herald se comunicaron conmigo. No podían decir absolutamente nada, a riesgo de perder su trabajo. En estricto off the record me comentaron que Damián había discutido fuertemente con Sebastián Lacunza, Director del Herald, por haber publicado el tuit de la muerte de Nisman sin habérselo dicho primero a él.

"Damián, No tenías que haber enviado la información vía Twitter. Nos tenías que haber informado a nosotros, para que decidiéramos qué hacíamos con esa información. Así no se hacen las cosas". Pachter sabía que la información iba a ser guardada bajo siete llaves hasta la mañana siguiente, para que la operación que se desarrollaba en el departamento de Nisman se finalice de manera exitosa.

A Damián lo conocí en la época más agitada de su vida. Tal vez, por este motivo, entró en confianza conmigo instintivamente y lo mismo me pasó con él, como modo de sellar nuestro lazo de colegas en tiempos difíciles. Sabía que no era un periodista común. Íbamos más allá de lo que nuestros medios nos pedían, nos gustaba indagar y meternos donde no debíamos. Respirábamos y vivíamos las noticias. Teníamos una noción de potencialidad que no muchos comparten en la comodidad de esta profesión. Amamos lo que hacemos y hasta lo haríamos gratis, cosa que realizábamos los dos diariamente, al informar desde nuestras cuentas personales de Twitter todo lo que iba sucediendo durante esas semanas, previas y posteriores a la muerte de Nisman. También teníamos ideas políticas y de la vida en general muy cercanas, aunque con matices.

Dos días antes de su desaparición, me dijo que estaba un poco tenso por los ataques constantes que recibía desde los simpatizantes del Gobierno, que lo acusaban de agente del Mossad y que iba a bajar la exposición mediática. Cuando terminamos nuestros turnos en las redacciones, que quedaban a menos de diez cuadras, lo saqué a pasear para que se despeje.

Comiendo una pizza en Güerrín me contó que había estado tres años cumpliendo el servicio militar en Israel, de su madre y de su vida en Argentina. Después fuimos a tomar unos tragos a un bar y noté como su cara de periodista furtivo se tornaba lentamente en rasgos de preocupación y tristeza cuando la gente lo miraba y algunos reconocían que era 'el chico que dio la noticia de Nisman'. Algo no estaba bien. Había dejado de mostrar orgullo por ser quién rompió con la noticia, orgullo que sólo notamos y envidiamos otros periodistas.

Pachter estaba ingresando a trabajar un jueves, como todos los días, al edificio de Paseo Colón 1196. Estacionó su auto en el lugar asignado en el estacionamiento (que todavía continúa allí) y cuando ingresaba recibió un llamado que le marcaba que una persona lo estaba controlando dentro de la redacción del diario. Damián confirmó esto y salió sin ser visto por la mayoría de sus compañeros. Tomó un taxi y se dirigió a la Terminal de Retiro, donde le entregaron un pasaje de un micro que salía a la ciudad balnearia de Mar del Plata en 5 minutos.

Allí se encontró con un amigo de su padre. Esta persona dice ser Vicepresidente de una Asociación de Reporteros.

El viernes comenzamos a recibir los mensajes extraños con Adrián Bono. Al principio, no sabíamos de dónde venían. El primero nos dijo que nos debíamos subir a un auto que nos iba a pasar a buscar, desconociendo quiénes iban en él. Mi instinto periodístico me llevaba a meterme en cualquier lado, por más riesgoso que sea. Pero mi familia tenía sus dudas. Mucho no les gustaba la idea. Así que hablé con Bono por teléfono y le dije que no me iba a subir a un coche de un extraño. Bono me respondió lo mismo: "Ni en pedo".

A eso de las cinco de la tarde sonó el teléfono de la cosa donde estaba. Era Damián Pachter desde un lugar que todavía descocíamos. Primero me tranquilizó y me aseguró que todo estaba bien. Que quien me mandaba los mensajes era él. Después me volvió a decir que se iban a contactar conmigo durante la noche, desde el mismo celular.

Sabía que Damián, al igual que yo, estaba muy ansioso. Era el primer caso importante que teníamos en nuestras manos y estábamos aprendiendo a serenarnos para manejar la cantidad de información de último momento que nos caía del cielo, desde decenas de fuentes importantes. Contestábamos centenares de consultas todos los días y muchas quedaban sin respuesta. Notas de extrañas partes del mundo desde las 6 de la mañana hasta la medianoche, el ritmo era insostenible. Haber estado desde el minuto cero nos permitía tener un conocimiento de la situación del cual pocos disfrutaban.

A mi novia no se le ocurrió una mejor idea que, mientras esperábamos el próximo mensaje de Pachter, ir al cine para bajar mi nerviosismo. Fuimos a ver 'American Sniper'. La peor elección para ese momento, lejos.

Cuando salí de la sala tenía varias llamadas y textos entrecortados. Llamé a Bono. Pachter nos estaba mandando mitad de mensaje a cada uno. El encuentro se realizaría bien entrada la madrugada, en un lugar al que debíamos acudir por nuestra propia cuenta.

Las personas a mi alrededor estaban bastante tensas y me recomendaban no ir o poner un lugar donde me sienta seguro. Sin embargo, tenía una gravedad hacía el encuentro. A las 2 de la madrugada llegó el mensaje: "A las 4 en arribos internacionales de Aeroparque". ¿Quién podría llegar a esa hora de un viaje del interior o países limítrofes y ser recibido por Pachter? Por mi cabeza pasaban varias posibilidades, cada vez más extrañas, pero nunca imaginé lo que estaba por pasar.

Llamé a Bono por última vez:

-Boludo, es muy tarde, me duermo.

-Yo también. Ya no tengo 20 años, digámosle que adelantamos y caemos a las 3.

-Sí, ya fue. Yo a las 4 no puedo razonar bien, lo aprendí en los boliches.

-Jajaja, comuniquémoslo.

Pachter accedió a adelantar una hora el encuentro. A las 2.45 salí a la calle y esperé un taxi. Pasó uno muy lento. El conductor me miró, como esperando que levante la mano y me suba. No lo tomé. Atrás venía otro, también lo dejé pasar. Tomé aire y me di fuerzas. Recién me subí al tercero.

El viaje fue tenso. ¿Adivinen de qué empezó a hablar el chofer? Obviamente, del caso Nisman y la aparición del cerrajero. "Viste que la puerta estaba abierta, como mienten", me dijo. Mientras, hablaba, yo decía que sí con la cabeza, chequeaba que el recorrido sea el correcto, consultaba mi celular por si había algún cambio de último momento, miraba hacia atrás y los costados. Sí, un poco perseguido estaba.

Llegué y pedí que estacione el auto 20 metros antes de la entrada de arribos internacionales, que da contra la avenida Rafael Obligado, que bordea la costanera del Río de la Plata. Me tomé algunos segundos para que la brisa que venía desde el río me tranquilice.

Entré y no encontré a nadie. Miré mi celular y tenía un mensaje de Bono: "Estamos arriba, en el café". Después de una escalera mecánica que tardó una centuria, ahí estaba Pachter, tomando un express, en una mesa contra el vidrio, camuflado con una gorra verde. Su cara tenía un semblante de preocupación. Le di un abrazo, me senté y Bono me marcó a una persona en una mesa vecina, que estaba sentado de costado, directamente hacia nosotros. Levante las cejas y los hombros. Puse cara de "y bueno, ya estamos acá".

-¿Qué pasó boludo?

-Quería contarles que me voy del país.

-¿Pero qué paso?

-Están pasando cosas que ahora no puedo contar y tengo miedo por mi vida. Por eso los llamé a ustedes. Me voy a ir a un lugar seguro. Confío en ustedes y por eso los llamé, necesitaba que me acompañen mientras espero el vuelo y que me hagan las preguntas que tengan ganas de hacerme. Lo único que les pido es que lo publiquen recién cuando llego a mi lugar seguro, yo les voy a mandar un mensaje cuando estoy.
-Sí, contá con nosotros.

-Obvio Damián, la hacemos y la reservamos, pero sabés que te vamos a tener que preguntar cosas que se andan diciendo, como si sos del Mossad.

-Preguntá lo que quieras.

Bono ya tenía el celular en la mesa, grabando. Saqué el mío. Por los nervios, no encontraba la app para comenzar a tomar lo que decía Pachter:

-¿Por qué te vas?

-Les cagué el tema con ese tuit. Les cagué la operación al Gobierno. Me querían sacar e iba a pasar. Tuve suerte. Así de heavy fue. Me voy porque mi vida corre riesgo. Acá no puedo estar más. No puedo volver más al país, al menos hasta el final de este Gobierno. Estoy muy marcado. Estuvo jodido en serio. Recibí un mensaje y a partir de esto pasó otra cosa más. Ahí se confirmó todo y a la mierda.

-¿A quién le dijiste que te ibas?

-No quiero hablar mucho ahora pero estuve bien acompañado y la suerte de conseguir el pasaje. Van a recibir todos un post, lo voy a mandar en dos días. Los únicos que saben esto son ustedes dos y mi vieja. Nadie más.

-¿Cuándo volvés?

-Cuando me digan que las condiciones cambiaron. No creo que sea durante este Gobierno. Cuando me mandaron una indirecta tuve que dejar el laburo. Me fui a la mierda, calladito y dejé el auto ahí. El auto sigue en el estacionamiento del edificio. Mi vida corre peligro y si no me voy sigue corriendo peligro. Lo vinculo con lo de los tuits. Siento que les arruiné algo. Algo cambió.

-¿Creés que habrá alguna especie de persecución judicial contra vos?

-No. Tenemos derecho a no revelar la fuente. Me aplicaban la ley antiterrorista. Con este Gobierno, la verdad …

-¿Y vos qué opinás de la muerte de Nisman?

-Creo que no se resolverá la muerte de Nisman. El poder se cubre a sí mismo. No tengo nada basado en fuentes pero todos sabemos que pasó algo raro ahí. Eso es un hecho. El giro del Gobierno también es un hecho. Y ese cambio, ¿por qué? Porque no podían mantener la primera hipótesis. En el medio en el que trabajaba no tuve presiones.

-¿Y Diego Lagomarsino, el dueño de la pistola 22 que disparó la bala?

-No estoy al tanto de nada.

-¿No es contraproducente amenazar al periodista que dio la noticia de la muerte de Nisman?

-No. Todos lo que piensan que no lo van a hacer, porque es lo obvio, bueno, pero eso pasa. ¿Qué hubiera pasado si no mandaba el tuit? ¿Te imaginás?

-¿Imaginaste esto?

-No, nunca me lo imaginé. Es el laburo que hacemos y estamos pagando ese precio. Generar ese tipo de quilombos trae esas consecuencias. Cuánto paso desde el 18 ... En cinco días me tuve que ir del país y con evidencias reales. No es especulación. Hubo algo que me generó temor. Me sentí en peligro y cuando me fui al lugar en el que pensé que iba a estar resguardado, no lo estaba.

-Escribís para Haaretz, un diario de Israel. Hablás hebreo. Van a decir que sos del Mossad, el servicio de Inteligencia israelí.

-Me lo espero. Sabía que me iban a atacar por ese lado.

-¿Qué creés que te pasaría si te quedaras acá?

-El kirchnerismo me hubiera destruido a través de los medios. Estoy muy marcado. No sé cuánto podrían haber hecho con la legitimidad que tienen ahora. La sensación que viví hoy y tengo ahora es que me iban a liquidar. No les voy a decir adonde pertenece esa gente, pero es lo peor de lo peor. Sé de donde vienen. Hasta que me digan podés volver no vuelvo. Con este Gobierno seguro no.

-¿Qué dice tu familia?

-Ni siquiera tuve tiempo de ir a mi casa. Me dijeron "no vayas a tu casa". Me vine con esto, con esto viajo. Mi vieja se la banca. Soy hijo único, pero bueno, qué le vamos a hacer.

-¿Cuándo sentiste que tu vida peligraba?

-Estás en tu laburo, te das cuenta de algo, un mensaje que llega. Me venían tirando indirectas para rajarme que empezaron luego de que publiqué los tuits con las transcripciones de la denuncia. Luego consulto con fuentes sobre lo que me pasa y confirmo que lo que es un mensaje es que me están siguiendo.

-Por mí ya está.

-Sí, ya está. Boludo, ¿cómo que te siguen?

-Quieren saber cómo me enteré y me la tienen jurada. Desde todos los medios oficialistas me están matando.

-¿Por qué no me avisaste? Tenés plata?

-Me voy con la ropa que tengo puesta, una mochila que me prestaron y 25 dólares. Veré allá qué hago. Les dejo el auto, que quedó estacionado en la puerta del diario. Úsenlo, les dejo las llaves y la cédula verde.

-Gracias Damián, pero no podemos ni subirnos a ese auto, vemos si alguien te lo compra.

-¿A qué hora es el vuelo?

-Ya sale, me voy a Montevideo y de ahí a un lugar seguro. Les pido que me acompañen- y nos mostró los pasajes. El de adelante decía Montevideo, pero sin querer, dejó ver el que tenía atrás: Barajas – Tel Aviv.

Caminamos hasta la entrada y le hacíamos chistes para que levante un poco el ánimo. Él estaba destruido. Era la primera vez que veía partir alguien al exilio. Me invadió la tristeza al presenciar un evento del pasado, de los más oscuros de mi país, que vuelve por viejos rencores de más viejas generaciones que buscan despertar sus antiguos negocios en nueva sangre: la violencia institucional.

25 de enero

Clarín

El periodista que confirmó la muerte de Nisman se fue del país, por Gabriel Bracesco

El primer periodista que dio la noticia de la muerte del fiscal Alberto Nisman a través de Twitter, Damián Pachter, contó a Clarín que debió "elegir el exilio por miedo a ser asesinado". Se fue de la Argentina ayer las 5.06 AM, pero antes se tomó unos minutos para reunirse con dos periodistas y explicó el motivo de su partida. De Argentina sólo se llevó una mochila prestada, cargada con apuntes y papeles, ropa que venía usando desde hace cuatro días y 25 dólares en la billetera.

"No puedo volver más al país, al menos hasta el final de este Gobierno", explicó gesticulando sus manos temblorosas mientras tomaba un café en el primer piso del Aeroparque. Se lo veía muy cansado, encorvado, con una gran gorra de tela militar con la que intentaba tapar parte de su cara y unos lentes oscuros.

El encuentro ocurrió a las 3.57. Pachter citó allí a Clarín y a un periodista de Infobae. Luego de hablar y dar una entrevista, Pachter embarcó casi una hora más tarde rumbo a Montevideo según la tarjeta de embarque que le mostró a este cronista.

Pachter citó a los dos periodistas en Aeroparque, según él mismo explicó, para que lo acompañaran y fueran testigos del trámite de inmigraciones. El periodista explicó que la presencia de dos periodistas garantizaba que nada 'raro' iba a pasar en Aeroparque. Pachter entendía que en las últimas horas había sido objeto de un seguimiento por sectores de inteligencia y decidió entonces emigrar: "Me voy porque mi vida corre riesgo. Acá no puedo estar más. No puedo volver más al país, al menos hasta el final de este Gobierno. Estoy muy marcado". Pachter hizo en Montevideo una escala. De ahí planeaba tomar otro avión hasta llegar a un lugar que considere seguro.

"Les cagué el tema con ese tuit. Les cagué la operación", explicó. Cinco días atrás la vida de Patcher era mucho más tranquila. Pero para el periodista del sitio web de Buenos Aires Herald, todo cambió cuando pasadas las 11 de la noche del domingo 18 de enero escribió por Twitter que había un incidente en la casa del Fiscal Nisman, a horas de que se presentara frente al Congreso para explicar por qué había decidido acusar al gobierno de Cristina Kirchner de participar en una conspiración para cubrir la responsabilidad de Irán en el atentado de la AMIA.

Pachter fue el periodista que tuiteó una semana atrás, a las 23.35, que "Me acaban de informar sobre un incidente en la casa del Fiscal Alberto Nisman". A las 00.08 agitó las redes cuando tuiteó "Encontraron al fiscal Alberto Nisman en el baño de su casa de Puerto Madero sobre un charco de sangre. No respiraba. Los médicos están allí". En cuestión de segundos, los 140 caracteres comenzaron a replicarse a toda velocidad con más de 1.000 re tuits y 300 favoritos. Se encendió una luz de alerta en los time-lines de distintos periodistas que seguían la información a través de sus celulares, tablets o notebooks. A partir de allí, Pachter ocupó el centro de miradas y desfiló por programas de televisión: era el periodista que obtuvo la primicia.

Según el relato de Pachter, el jueves a la noche recibió un mensaje alertándolo. Se encontraba en el edificio que comparten las redacciones de Ámbito Financiero y Buenos Aires Herald. Pachter contó que, desde ese día, no pudo volver a su casa. Sus fuentes le habían comunicado que su domicilio estaba siendo vigilado. Pachter dejó estacionado su auto en el estacionamiento del diario, en Paseo Colón 1196. El periodista se habría ido entonces a Mar del Plata donde vio al vicepresidente de la Unión Sudamericana de Corresponsales (UNAC), Ricardo Rivas. El viernes, salieron a comer a un restaurante y divisaron, en una mesa contigua, a un viejo agente del servicio de inteligencia de la provincia de Buenos Aires, ex DIPBA.

Pachter nació en Argentina, pero tiene doble nacionalidad con la israelí. De hecho, durante tres años prestó servicio en el ejército de Israel. En Buenos Aires estudió la licenciatura en Relaciones Internacionales de la Universidad de Palermo. Tiene 31 años y antes de trabajar en Buenos Aires Herald lo hizo en Associated Press. Allí conoció a Adrián Bono, un editor de Infobae a quien también citó el sábado en Aeroparque.

"Andate ya porque te están buscando", asegura que le dijeron. Y se fue ayer a la madrugada.

Con respecto a por qué habrían de seguirlo, o de pinchar sus teléfonos, Pachter no contó mucho y prefirió ser críptico. "Les cagué el tema con ese tuit. Siento que les arruiné algo". Y aseguró: "Voy a volver al país cuando mis fuentes me digan que las condiciones cambiaron. No creo que sea durante este gobierno".

Eligió a Clarín y a Adrián Bono, amigo de Pachter de la facultad y editor de Infobae. Explicó que eran las personas en las que más confiaba, aparte de su madre y que se encontraba en una casa que él creía que era segura, alejada de la Ciudad de Buenos Aires, pero que ya no lo era". Pachter se subió al avión sin mencionar si había realizado la denuncia a la Policía por sentirse amenazado.

Inteligencia no pensante

La huída de Damián Pachter a Israel me generó una sensación agridulce. Sabía que estaba tomando la mejor decisión que tenía a mano en ese momento, que era escapar del país, pero también creía que esto iba a poner las cosas más complicadas para nosotros. ¿Y ahora, cómo seguía esto?

Cuando volví al lugar donde estaba parando para dormir, dejé pasar varios taxis. Di una vuelta manzana antes de entrar. Cómo era de esperar, al alba, las cosas se pusieron más espesas. Los compañeros de Pachter de Ambito y Herald se empezaban a preguntar que le había pasado, ya que había dejado su auto abandonado en la puerta del diario y había desaparecido. Otra vez, al menos diez personas me consultaron ese sábado por su paradero. Por la promesa que le habíamos hecho, no podía decir nada, salvo que el viernes estaba bien. Cuando pasara por España, una persona nos iba a avisar que el viaje seguía en condiciones normales, pero mi miedo estaba en Montevideo. Temía que alguien de Inteligencia lo siguiera hasta allá y pasara algo. Cerca del mediodía y cada vez con más dudas en la cabeza, cedí ante la insistencia de una de las compañeras de Pachter para que publique algo sobre el auto de Damián. De paso, el mensaje servía para que la SIDE sepa que nosotros también le seguíamos los pasos. Hasta el domingo, cuando Pachter llegue a su lugar seguro, no podíamos decir absolutamente nada.

Sábado. Mi primer mediodía libre desde el inicio del caso Nisman. Para distenderme, fui a comer un asado con unos amigos en el campo, a 40 kilómetros de la ciudad. Querían sacarme de la vorágine que tenía el caso Nisman.

Me hacía mucho la cabeza, me decían. Cuando estaba a punto de cortar el primer chorizo del día, me llegó un WhatsApp de Bono: "Apurá todo, se filtró la información. La nota la sacamos ya". Fue un momento complejo, de honda desesperación. No tenía ni siquiera desgrabada la entrevista que le hicimos a Pachter antes de que se vaya, estaba a kilómetros de mi casa y la redacción del diario. No iba a poder comer asado.

El cambio de planes se produjo por una serie de tuits del Foro de Periodismo Argentino.

> **Fopea (@fopea):**
>
> 2:12 PM - 24 Jan 2015
>
> *Fopea informa que el periodista Damián Pachter se fue del país porque temía por su seguridad. Según le explicó al monitoreo de FOPEA.*
>
> *Pachter explicó a FOPEA que ayer viernes sufrió seguimientos sospechosos y consideró necesario abandonar el país.*
>
> *Fopea pide a las autoridades correspondientes, la máxima atención a la seguridad de los periodistas en estos momentos.*

Llegué a mi casa en tiempo récord. No andaba el servicio de internet. Maldije a Dios y a Bono. Llegué con olor a carbón al diario y le expliqué la situación a uno de los editores de la web, con el que ya había trabajado años antes en otra sección.

Conociéndome, me tranquilizó y me dijo: "calmate, ya está, hace un par de líneas para sacar en la página web y después ponete a escribir la nota para el diario de mañana".

La nota de Bono en Infobae ya estaba escrita y lista para subirse. Adrián no pudo dormir esa noche y aprovecho para escribir, apenas volvió de encontrarse con Pachter. En mi caso, bueno, tenía todo en la cabeza, pero de ahí al papel impreso por la madrugada hay un largo camino.

Mientras escribía, me preguntaba cómo Fopea se había enterado. ¿Pachter les avisó? Era raro, porque nosotros no podíamos comunicarnos con él. A uno de los editores le llegó un mail de un informante que le contaba un poco más que había sucedido con Pachter. Se había escondido con un amigo de su fallecido padre, un tal Ricardo Rivas, quien dice ser Vicepresidente en Unión Sudamericana de Corresponsales y Asociaciones de Corresponsales, también conocida como Unac. Una fachada perfecta, ya que Rivas, señaló el informante, es un ex agente de la DIPBA, el Servicio de Inteligencia de la Provincia de Buenos Aires.

"Vaya a saber uno cómo asustaron a este pibe con este muchacho y sus amigos protegiéndolo", me dijo mi editor. Y yo reí de nervios, ya que quería terminar la nota ya.

Con todo esto pasando, me llama Bono.

-No puedo aguantar la nota más, la suben ya.

-Aguantala 30 minutos y la subimos juntos.

-No, ya está. Fopea ya tuiteó, me dieron la orden de subirla.

-No seas garca.

-Boludo, no soy garca, ya está, la subió mi editora. Te debo una.

-Sí. Obvio que me debés una, dos también.

Fue un verdadero revuelo internacional. El periodista que había dado la noticia en exclusiva de la muerte de Nisman y que había roto el caso se iba del país por persecución de la Inteligencia y porque temía por su vida. Empezaron a llegar llamados de todas partes del mundo y yo, estaba agotado, simplemente quería dormir una siesta.

Lo que pasó esa noche fue insensato. Los medios kirchneristas empezaron a atacar a Damián por su condición de israelí. Periodistas dijeron barbaridades de él. Era terrible. Desde el Estado no le ofrecieron ayuda o seguridad alguna, cosa que hubiera hecho cualquier cabeza de Gobierno sensato del planeta. Miraba con asombro la barbarie pura.

La locura llegó a su punto máximo cuando Télam, la agencia de noticias del Estado y la cuenta de Twitter oficial de la Casa Rosada publicaron un screen de la pantalla del vuelo de Damián, que tenía retorno el 2 de febrero. En ese momento, el miedo que tenía Pachter cuando se fue se volvió real. Efectivamente, los servicios lo estaban siguiendo. Y no sólo eso, ya que nos dimos cuenta que sus agentes escribían en los medios de comunicación.

24 de enero, 21:12

Télam

El periodista Damián Pachter viajó a Uruguay con pasaje de regreso para el 2 de febrero

Pachter, quien declaró a distintos medios que se iba del país porque sentía que su vida corría peligro, partió desde Aeroparque esta mañana a las 6.58 en el vuelo AR2382 con destino a Montevideo, según indicó Aerolíneas Argentinas, el pasajero "tiene reservado y emitido su regreso para el día 02 de febrero en el vuelo AR2395".

El periodista, que se desempeña en el portal del diario Buenos Aires Herald, cortó toda comunicación con sus jefes en horas de la tarde de ayer, cuando ante un llamado de la empresa en la que trabaja, informó que no había concurrido a la redacción "a ver un médico porque no se sentía bien".

La empresa publicó esta tarde un comunicado titulado "Información sobre Damián Pachter" que comienza con la afirmación que ayer el periodista "sin previo aviso no concurrió a la redacción de BuenosAiresHerald.com".

"Ante esta situación, el responsable de contenidos digitales de Buenos Aires Herald y Ambito.com se comunicó con el periodista, quien le informó que se estaba dirigiendo a ver un médico porque no se sentía bien y quedó en ponerse al contacto al poco tiempo", se informó en el comunicado en el que además se aclaró que, como Pachter no se comunicó, intentaron contactarlo en "reiteradas ocasiones".

"Damián debía entrar a las 15 y como no se presentó desde la empresa intentaron comunicarse con él a partir de las 16. Pasadas las 18, contestó un llamado telefónico e informó que iba al médico, pero que se encontraba bien y que más tarde iba a comunicarse telefónicamente con su editor", se indicó en el comunicado.

En el texto se agregó que "pasadas las 21 su editor volvió a intentar comunicarse por teléfono y mensaje de texto para saber cómo se encontraba. A la 1.43 AM, vía mensaje de WhatsApp, contestó que quería avisar que estaba bien y que no tenía batería en su celular".

En el texto se agregó que "pasadas las 21 su editor volvió a intentar comunicarse por teléfono y mensaje de texto para saber cómo se encontraba. A la 1.43 AM, vía mensaje de WhatsApp, contestó que quería avisar que estaba bien y que no tenía batería en su celular".

Hoy "por la mañana se hizo nuevamente el intento de comunicarse por teléfono, mensaje de texto y WhatsApp, pero no hubo respuesta", indicaron desde la empresa para la que trabaja a través del comunicado.

"Ante declaraciones periodísticas en las que expresa que teme por su seguridad y que iba a abandonar el país, el medio informa que en ningún momento expresó esta situación ante las autoridades de la empresa", agregaron.

Sumado a esto, quien maneja el Twitter de Casa Rosada, Ana Montanaro, comenzó a atacar a quienes publicamos la noticia. La idea desde el oficialismo era minimizar el viaje de Pachter, como si se hubiera ido una semana al otro lado del Río de la Plata.

Varias cuentas en redes sociales que decían estar en Uruguay lanzaron el rumor de que Pachter estaba en una casa en las afueras de Montevideo. "A tu amigo lo vimos tomando sol en el patio", me tuiteaban. No tenían idea dónde realmente estaba Pachter.

No sabían que Pachter había comprado el viaje de ida y vuelta a propósito en la línea aérea estatal Aerolíneas Argentinas para dejar en evidencia su seguimiento. Tampoco sabían que

Pachter había comprado los vuelos a Barajas y Tel-Aviv por diferentes agencias de viajes.

Con el papelón ya hecho, el Jefe de Gabinete Jorge Capitanich salió a dar una explicación totalmente inoportuna. Señaló que era "un periodista que se sentía amenazado y fue importante publicar su paradero" y que "Aerolíneas hizo público sus datos porque el mismo Pachter ya los había dado a conocer antes. "El periodista había publicado el billete correspondiente. Es un hecho de repercusión pública", apuntó Coqui, basándose en las fotos que le habíamos sacado con Bono, con el pasaje en la mano. En papel de diario, el ticket sólo se ve como rectángulo blanco cuadrado. La información de los pasajes no se llegaba a ver.

Aníbal Fernández, por entonces Secretario de la Presidencia, también tuvo palabras hostiles contra Pachter, cuando ingresaba a Casa Rosada: "se fue porque yo no puedo hacerle entender que lo que está diciendo no tiene razón. Si no se hubieran ido todos los periodistas de acá. Él entiende que tiene alguna razón y publicó algo grave que es grave para todos, pero un ratito antes que los demás".

El ataque desde el Gobierno no me gustaba. Había mucha gente impaciente y las agresiones desde las bases políticas eran constantes. El domingo por la mañana le mandé un mensaje a Bono con mis temores sobre una escalada que el mismo Estado estaba proponiendo contra el periodismo. Al toque, me llamó.

-Esto se está poniendo muy raro.

-¿Qué hacemos?

-¿Pedimos seguridad?

-¿A quién? Ayer no dormí en mi casa.

-Yo también dormí en cualquier lado. Estoy con mis dudas, nos juntamos en algún lado y charlamos.

Íbamos a encontrarnos en la pizzería Kentucky de avenida Santa Fé y Godoy Cruz, cuando un periodista amigo nos ofreció su casa por la zona para juntarnos y tranquilizarnos. Nuestro temor en sí no era un ataque directo, sino alguna provocación en la calle de fanáticos kirchneristas que puedan terminar mal, o el loco suelto, que crea que debe hacer cosas para quedar bien con sus superiores políticos. En fin, acordamos ir a trabajar y ver cómo continuaban las cosas hasta el siguiente día.

Los dos tuvimos conversaciones por separado con personal de seguridad de diferentes ámbitos, que nos bajaron el nivel de euforia. "Si hay otro muerto en este caso, y encima es un periodista, vuelan todos los bandos por los aires. Pierden todos. Quédense tranquilos", fue más o menos el mensaje que nos dieron. Si seguíamos sintiendo miedo y siendo amenazados, había planes b, c y d, hasta la z. Nunca se llegaron a poner en práctica.

La parte que más me preocupaba era que quienes nos atacaban tenían estrechos vínculos con las SIDE. Sabíamos que las palabras de algunos periodistas eran, en realidad, el deseo de alguien que estaba más arriba de ellos, que no podía decirlo.

Dos meses después de la publicación de la información privada del viaje de Pachter, se filtró una lista con 138 agentes que habían pasado por la Escuela de Inteligencia. Entre los nombrados por la revista Noticias se encontraba Esteban Orestes Carella, Gerente General de la Agencia estatal de noticias Télam. Había ingresado a dedo en 2012, luego de haber militado en la juventud kirchnerista, La Cámpora.

Otra de las personas que aparecía en la lista es Mariana Seghezzo, una pasante de Télam. También había escrito entre 2008 y 2011 para el diario oficialista Página 12, el mismo de donde saldrían la mayoría de las operaciones gubernamentales, junto al Buenos Aires Herald.

Aunque el Director del Buenos Aires Herald, Lacunza, se

rasgaba las vestiduras diciendo que habían apoyado a Pachter en todo momento, Damián no tenía un contrato en blanco con el diario, era contratado. Cuando dejó de escribir, dejó de cobrar, estando exiliado.

Un dato que nos pinta de cuerpo entero, para finalizar este capítulo. El padre periodista del Canciller judio Héctor Timerman, denunciado por Nisman como parte del pacto de impunidad de los sospechosos de volar la mutal judía, se tuvo que exiliar en Israel en los 70 por la persecución que sufría desde Estado. "Es raro que el director de La Opinión se haya exiliado del país por las amenazas y torturas que sufrió de la dictadura militar y hayan pasado cuarenta años y yo me tuve que ir de la Argentina cuando su hijo es el Canciller, acusado por Nisman. Son las vueltas de la vida", dirá Pachter.

La Comisión Interamericana de Derechos Humanos de la Organización de los Estados Americanos (OEA) emitió un comunicado con su preocupación por la muerte de Nisman y por las amenazas contra Pachter. Sin embargo, la agencia Télam, infiltrada por la Inteligencia argentina, cortó escandalosamente la comunicación.

Así la vieron los argentinos, con un recorte en todo lo que refería a Damián Pachter:

29 de enero

Télam

Pésame: La Comisión Interamericana de Derechos Humanos manifestó su pesar ante la muerte de Nisman

El organismo manifestó la importancia de "adoptar todas las medidas necesarias para garantizar el derecho a la vida, la integridad y la seguridad de las defensoras y los defensores de derechos humanos, incluyendo de los operadores de justicia".

A su vez, la Comisión realizó un llamado para que se "investigue y esclarezca las circunstancias en las que tuvo lugar, así como su posible relación con la causa sobre el atentado contra la Asociación Mutual Israelita Argentina (AMIA)".

A través de un comunicado de prensa, desde ese organismo llamaron al Estado "a continuar con las investigaciones de oficio garantizando que sean conducidas con debida diligencia y de manera exhaustiva e imparcial, y siguiendo diversas líneas de investigación que tengan en cuenta si la muerte de Alberto Nisman podría estar vinculada a su labor como fiscal".

La CIDH es un órgano principal y autónomo de la Organización de los Estados Americanos (OEA), cuyo mandato surge de la Carta de la OEA y de la Convención Americana sobre Derechos Humanos y tiene el mandato de promover la observancia de los derechos humanos en la región y actúa como órgano consultivo de la OEA en la materia.

La Comisión está integrada por siete miembros que son elegidos por la Asamblea General de la OEA a título personal, y no representan sus países de origen o residencia.

Y esto decía la misiva original:

29 de enero

CIDH lamenta muerte del fiscal Alberto Nisman en Argentina

Washington, D.C. - La Comisión Interamericana de Derechos Humanos (CIDH) lamenta la muerte del Fiscal Federal Alberto Nisman y hace un llamado al Estado de Argentina para que investigue y esclarezca las circunstancias en las que tuvo lugar, así como su posible relación con la causa sobre el atentado contra la Asociación Mutual Israelita Argentina (AMIA). Asimismo, la CIDH expresa su preocupación por las presuntas amenazas recibidas por Damián Pachter, periodista del diario Buenos Aires Herald, quien habría sido el primer reportero en informar sobre la muerte del fiscal.

De acuerdo a información de público conocimiento, Alberto Nisman, quien se desempeñaba como Fiscal en la investigación del atentado perpetrado en 1994 contra la AMIA, fue encontrado sin vida y con un disparo en la cabeza el 18 de enero de 2015. Alberto Nisman había sido convocado a comparecer al día siguiente ante el Congreso de la Nación con relación a su denuncia en contra de altos funcionarios de Gobierno por el presunto encubrimiento de los supuestos responsables del atentado contra la AMIA.

La Comisión llama al Estado a continuar con las investigaciones de oficio garantizando que sean conducidas con debida diligencia y de manera exhaustiva e imparcial, y siguiendo diversas líneas de investigación que tengan en cuenta si la muerte de Alberto Nisman podría estar vinculada a su labor como fiscal. En este contexto, la Comisión urge al Estado a adoptar todas las medidas necesarias para garantizar el derecho a la vida, la integridad y la seguridad de las defensoras y los defensores de derechos humanos, incluyendo de los operadores de justicia.

Por otra parte, la información disponible indica que el 24 de enero, tras haber sido el primero en informar sobre la muerte del Fiscal Nisman, el periodista Damián Pachter, del diario Buenos Aires Herald, abandonó el territorio argentino aduciendo que habría sido objeto de actos intimidatorios y que no se sentía seguro. Posteriormente, en la cuenta oficial de Twitter de la Casa Rosada, sede de la Presidencia argentina, se difundió la información sobre los vuelos contratados por el periodista, la cual fue proporcionada por la estatal Aerolíneas Argentinas a la agencia oficial Télam. El Gobierno sostuvo que la divulgó para mayor seguridad del periodista, cuyo paradero se desconocía hasta ese momento.

La Comisión exhorta al Estado a adoptar medidas de protección efectivas destinadas a garantizar la vida e integridad del periodista Damián Pachter, a investigar los hechos denunciados, y a garantizar el trabajo de la prensa en el contexto de la cobertura de este caso de tan alto interés público.

Tal como lo ha establecido la Corte Interamericana de Derechos Humanos, "el ejercicio periodístico sólo puede efectuarse libremente cuando las personas que lo realizan no son víctimas de amenazas ni de agresiones físicas, psíquicas o morales u otros actos de hostigamiento". En ese sentido, los funcionarios estatales tienen la obligación de repudiar de manera clara, pública y firme los ataques perpetrados como represalia por el ejercicio de la libertad de expresión, y abstenerse de efectuar declaraciones que posiblemente incrementen la vulnerabilidad de periodistas en situación especial de riesgo.

Los sobrevivientes y los familiares del atentado contra la AMIA han impulsado la búsqueda de justicia, primero en la jurisdicción interna y después ante el sistema interamericano de derechos humanos. El 16 de junio de 1999, la CIDH recibió una petición, que se tramita bajo el número 12.204. En una audiencia realizada ante la CIDH el 4 de marzo de 2005, el Estado de Argentina realizó un reconocimiento de su responsabilidad por la violación de los derechos a la vida, a la integridad física, a las garantías judiciales y a la protección judicial en el caso del atentado contra la AMIA. En dicha oportunidad, el Estado reconoció un "incumplimiento de la función de prevención por no haber adoptado las medidas idóneas y eficaces para intentar evitar el atentado, teniendo en cuenta que dos años antes se había producido un hecho terrorista contra la embajada de Israel en Argentina". Adicionalmente, el Estado reconoció en dicha audiencia su "responsabilidad porque existió encubrimiento de los hechos, porque medió un grave y deliberado incumplimiento de la función de investigación del hecho ilícito[que] produjo una clara denegatoria de justicia". Esta petición continúa en trámite en la Comisión Interamericana. Tras haber estado varios años en un proceso de solución amistosa entre las partes que no fructificó, la Comisión aplicó el artículo 36.3 de su Reglamento a pedido de las partes, acumulando admisibilidad y fondo del asunto para ser estudiados simultáneamente.

26 de enero

Clarín

"La relación con el diario en que trabajaba terminó mal", por Alejandro Alfie

"No tenías que haber enviado la información vía Twitter. Nos tenías que haber informado a nosotros, para que decidiéramos qué hacíamos con esa información", le recriminaron el lunes pasado a la tarde dos editores del diario Buenos Aires Herald, al periodista Damián Pachter.

Los directivos del Herald tuvieron una áspera reunión con Pachter, en una oficina del diario, cuando el periodista llegó a la redacción, al día siguiente de haber dado la primicia vía Twitter de la muerte del fiscal Alberto Nisman.

Según contó ayer el dominical Miradas al Sur –del Movimiento Evita, que conducen Emilio Pérsico y el Chino Navarro– "el primer médico que tomó intervención llegó en la ambulancia de Swiss Medical, la prepaga que tenía (Nisman). El médico, impresionado, le pasó un mensaje de texto a Pachter, del Herald, a quien lo une una relación personal", contó el semanario que hasta el mes pasado era de Sergio Szpolski y Matías Garfunkel.

Patcher siguió yendo a trabajar al Herald hasta el jueves, aunque cada vez en peores condiciones, casi sin dormir. El martes comió una porción de pizza y, después, no volvió a probar comida sólida. El viernes Pachter no fue al Herald.

El diario informó que Patcher, "sin previo aviso, no concurrió" el viernes. Y agregó: "Damián debía entrar a las 15 y, como no se presentó, intentaron comunicarse con él a partir de las 16. Pasadas las 18, contestó un llamado telefónico e informó que iba al médico (...) Pasadas las 21, su editor volvió a intentar comunicarse para saber cómo se encontraba. A la 1.43 AM, vía WhatsApp, contestó que quería avisar que estaba bien y que no tenía batería en su celular". Al día siguiente, ya no les respondió.

Cristina Fernández de Kirchner arrancó su carta el jueves en Facebook contando que el Herald había puesto en tapa: "Nada nuevo. El reporte de Nisman fracasa en avivar las llamas de conspiración". Según ella, "fracaso y conspiración, dos palabras que si hubiera utilizado esta Presidenta sería objeto de las peores críticas. Creo que nadie podrá acusar al periódico de habla inglesa de ser un medio afín o cooptado por el gobierno".

Pero el Herald es oficialista desde que Szpolski lo compró, a fines de 2007; éste luego se lo vendió a otro empresario K, Orlando Vignatti, quien además compró Ámbito Financiero, para ponerlos al servicio del Gobierno.

Por eso, el Herald primero hostigó a Patcher y luego lo dejó sólo.

La relación del periodista con el Herald se fue tensando. Y eso quedó en evidencia porque el trabajador no eligió a ninguno de sus colegas de ahí para darles a conocer su partida. Cuando decidió exiliarse, Patcher llamó a Gabriel Bracesco, del diario Muy, y a Adrián Bono, del portal Infobae, para darles la última entrevista antes de irse a Israel, en el Aeroparque metropolitano.

El diario roto

El domingo 1° de febrero, el diario Clarín publica un borrador que se encontró en un tacho de basura del departamento de Nisman, donde el Fiscal esboza un pedido de detención y pedido de indagatoria para la Presidenta Cristina Fernández de Kirchner, el Canciller Héctor Timerman y el diputado Cuervo Larroque, previo desafuero. También requería la "detención inmediata de Luis Ángel D'Elía, Jorge Alejandro Khalil, Héctor Luis Yrimia, Fernando Esteche y del sujeto conocido como Allan, una vez identificado. El secuestro del papel estaba firmado por el Jefe de la División Homicidios de la Policía Federal, Rodolfo Gutiérrez.

El lunes a primera hora, desde la Procuraduría General de la Nación, a cargo de la Fiscal General kirchnerista Alejandra Gils Carbó, se emitió un comunicado oficial de la Fiscalía 45: "La Fiscal Viviana Fein quiere aclarar que, ante versiones periodísticas publicadas durante el fin de semana, en el departamento del Fiscal no fue hallado ningún borrador de la denuncia oportunamente presentada por Nisman y que no figura en el expediente algún registro de los aludidos en los artículos publicados. Todo la documentación secuestrada durante el procedimiento se encuentra filmada y está a disposición de la UFI-AMIA".

Envalentonados por la desmentida, el Jefe de Gabinete de Ministros, Sergio Capitanich, rompió un ejemplar del diario Clarín del domingo, durante su rutinaria conferencia de prensa en Casa Rosada. "Quiero hacer mención a una desmentida que oportunamente fue publicada en la página 6 de Clarín, que dice que Nisman iba a pedir la detención de Cristina. Esta mentira, con la que dijo del Canciller Timerman sobre que no estuvo en la marcha en Francia, cuando estuvo. La oposición política actúa como periodistas freelance. No ofrecen nada a la población. Se pretendía hacer un montaje, a partir de una denuncia con un contenido falso. Esto va a ser así, una dinámica muy activa. La confrontación política va a ser una confrontación comunicacional permanente y para eso estamos, porque nosotros creemos profundamente en la libertad de expresión"

Los medios kirchneristas salieron a ufanarse de la mala información publicada. Sin embargo, Clarín levantó la apuesta y en su edición del martes publicó los escaneos del pedido de detención, firmados por Nisman.

Ante la evidencia, Fein debió admitir que si existía el papel pidiendo la detención de Cristina. "Fue un error de termi-nología e interpretación, yo asumo que incurrí en un error quizás. Los borradores están incorporados en el marco de mi actuación, foliados con el acta de incautación con todo lo que se encontró. La palabra que yo hubiera usado es: Me consta que hubo borrador. Fue un error de interpretación no imputable a la oficina de prensa del Ministerio Público", admitió.

Durante esos días, la sociedad fue testigo de la locura por el control de la información y el ocultamiento en la muerte de Alberto Nisman. Quien salió a denunciar la maniobra fue el Fiscal General de la Cámara del Crimen, Ricardo Sáenz: "El desempeño de la oficina de prensa de la Procuración y de su Director de Comunicación es esto que estamos viendo. Yo he visto esta interferencia de forma constante. Veía partes de prensa de fiscales que eran tachados en la oficina de prensa. Pero ahora que quieren intervenir en la muerte de un colega no lo vamos a permitir".

Quien escribió el comunicado es un abogado y militante kirchnerista que controla como un comisario político los comu-nicados de los fiscales y tiene relación directa con Gils Carbó. Su nombre es Luis Villanueva y se lo conoce como El Topo. Además de manejar la prensa del Ministerio Público, Villanueva es un activo twittero. Desde la red ataca sin piedad a los miembros de la Justicia que no están alineados con la Procuradora. "Es un militante que ningunea a Clarín, es un empleado del Gobierno. No podemos permitir que sea quien difunda la actividad de los fiscales", acusó Sáenz. Por su parte, Villanueva se defendió: "Es completamente mentira que yo falsifique los comunicados oficiales. Por qué Sáenz sale a decir esto sin ningún fundamento, no lo sé. No sé si tiene un interés extrajudicial, aun a riesgo de ser recusado por sus dichos, o si lo hace por otras cuestiones. Me limito a lo que dijo la fiscal", aclaró.

El mismo día del error de comunicación para perjudicar a Clarín, se conoció que Fein se iba a tomar vacaciones en un crucero, desde el 18 de febrero hasta el 5 de marzo, por días trabajados que le adeudaban de 2014. Había pedido estas vacaciones en octubre. Según se ocuparon de difundir sus allegados, nada tenía que ver esta licencia con el estrés generado por la causa Nisman. En su ausencia, la investigación quedaría a cargo de los fiscales Adrián Pérez y Fernando Fizler. Pero la presión de la opinión pública del momento hizo que Fein retrasara sus días de descanso hasta que llegara a la ansiada la conclusión del Poder: el suicidio.

El Jefe de Gabinete Capitanich no duró mucho en su cargo después de romper el diario. Fue renunciado luego de la marcha que se realizó a un mes de la muerte de Nisman, donde hubo más de 400 mil personas, entre los que se encontraban Arroyo Salgado, la hija mayor de Nisman y decenas de funcionarios judiciales de alto rango, entre ellos, el Fiscal General Sáenz.

Víctima, culpable y homosexual

La Presidenta Cristina Fernández de Kirchner apareció en la primera Cadena Nacional después de la muerte de Nisman en silla de ruedas, en un plano amplio, dando lástima, como la víctima del caso. El asesinato de Nisman parecía insignificante frente a lo que estaba sufriendo ella.

El kichnerismo es así. Ante cualquier momento de zozobra, aprovecha para abroquelar más poder. En este caso, la Presidenta Cristina Fernández aprovechó para desmantelar la SIDE de Stiuso y crear una nueva agencia de inteligencia, que pasaría las grabaciones telefónicas judiciales (y las no legales), a la órbita de la Procuraduría General de la Nación, en manos de la Fiscal General ultrakirchnerista Alejandra Gils Carbó, la misma que se encontraba manejando los hilos de la hipótesis del suicidio.

CFK también desacreditó la versión dada por el ministro de Seguridad, Sergio Berni, quien había presentado su renuncia pero no había sido aceptada, y planteó sospechas sobre una relación homosexual entre Lagomarsino y Nisman.

> Las condiciones médicas me obligan a hablar de esta manera. El 25 de mayo de 2003 Kirchner habló de algo nuevo en la Argentina. Habló de futuro. Dijo que lo hacíamos por voluntad política. Y creo que una de las características de aquellos tiempos era abordar lo de la impunidad. En esa Argentina había dos hitos de impunidad: el terrorismo de estado y el terrorismo internacional. La voladura de la embajada y más tarde el atentado en la mutual AMIA, que cobró la vida de 85 víctimas. Lo nuestro era combatir esa impunidad. Los más sagrados derechos son los derechos humanos. Junto al poder judicial, legislativo y

ejecutivo se derogaron las leyes del perdón. Fuimos un modelo a imitar en materia de derechos humanos en el mundo. Hemos celebrado más de 16 juicios de lesa humanidad. Hay 558 condenados, más de 900 procesados y más de mil detenidos. Sin embargo en cuanto a la embajada de Israel y la AMIA no hay un solo condenado. En el caso de la Embajada de Israel la Corte Suprema de Justicia? integré de 1996 a 2001 la bicameral de seguimiento de los atentados. En el juicio oral fui muy crítica. El tercer informe lo firmé en absoluta soledad. A poco de asumir Kirchner el tribunal que juzgaba a los detenidos los dejó en libertad, en una sentencia que es para la lectura de juristas. Demolieron la instrucción.

He leído como que el Fiscal Nisman lo había designado Kirchner. Un Fiscal no depende del poder ejecutivo, legislativo ni judicial. El procurador era Esteban Righi. Tuvo que excusarse porque había actuado como defensor de Anzorreguy en la causa AMIA. El doctor Righi no tiene nada que ver con el encubrimiento. La designación de Nisman nunca dependió del Ejecutivo. Hicimos el reclamo permanente ante la ONU. En 2007 la primera mención la hace el doctor Kirchner. Fue 2007, 2008, 2009, 2010, 2011 y 2012 reclamando en la ONU a Irán cooperación. Se van a cumplir 21 años y no hay un solo detenido por los dos atentados.

El tema AMIA no formaba parte de ninguna agenda. Kirchner le había pedido a Irán que lo de la AMIA esté en la agenda. ¿Logramos el Memorándum para lograr que las alertas rojas caigan? Aníbal Fernández sostuvo ante Nisman que era necesario viajar para fundamentar estas órdenes rojas. Estas órdenes se mantienen permanentemente. Ustedes escucharon a este hombre de Interpol, fue jefe de los servicios de Estados Unidos. Noble aclaró la actitud del gobierno argentino: mantener las alertas rojas.

Si el Congreso lo rechaza el acuerdo no tiene validez. La Corte Suprema ha dicho que los tratados internacionales no son materia judiciable. Canicoba Corral declaró que no era inconstitucional y esto fue apelado por Nisman. El memorándum hubiera permitido iniciar el procedimiento de receptar en Teherán las denuncias. Se desclasifica la información de la AMIA y le permitimos a los agentes de inteligencia ir a declarar a Tribunales. Pusimos todo el empeño para esta causa. Una sociedad no puede vivir sitiada por el miedo. En 2013 empezamos a observar que desde la SIDE integrantes comenzaron a bombardear este acuerdo. Es allí cuando se intensifican las denuncias contra esta presidente. Lo del patrimonio lo presentamos nosotros mismos. Está la complicidad de fiscales, jueces y medios de información. Hablan de cuentas, empresas de Nevada, lugares de montañas de euros, en fin, todo tipo de denuncias contra esta Presidenta. Esto se comenzó a hacer desde oficinas del estado nacional. Desplazamos agentes, que venían de 1983. El problema de los agentes es de 1983. Las personas que hacían estas cosas ya formaban parte de esta institución desde el inicio de la democracia. El Secretario de esta Secretaría fue con la instrucción de desplazamiento de estas personas. Se comenzará un proyecto de reforma de los organismos de Inteligencia, que no han servido a los intereses nacionales. Lo remití a la Secretaría General. Esto va a ser remitido antes de mi viaje a China el fin de semana. El proyecto presenta la disolución de la Secretaría de Inteligencia. Hay que reformarla como otras cosas que hemos reformado. Hemos visto una calesita permanente entre fiscales, jueces y periodistas. He tomado la resolución de que se disuelva esta Secretaría. Se crea la Agencia Federal de Inteligencia. Se establecen principios rectores del sistema de Inteligencia. Se establece que la Inteligencia nacional consiste en la reunión de análisis de hechos que afecten la seguridad de la Nación, para prevención de terrorismo, narcotráfico, tráfico de armas, trata de personas, cyberdelitos y delitos financieros.

Se trata de traidores a la patria quienes atenten contra la democracia. El sistema de escuchas que ordenan los jueces será transferido al Ministerio Público Fiscal. Es el único ministerio extrapoder. La información será confidencial, secreta, reservada o pública. Se transfiere la Dirección Nacional de Inteligencia Criminal, que depende del Ministerio de Seguridad. Se crea una limitante: la que establece que toda relación entre la Agencia de Inteligencia y empleados de los poderes públicos federales sólo podrán ser ejercidas por el director. Ya nadie va a poder contactarse con tal agente, tal persona.

Al mismo tiempo se crean los bancos de protección de datos de archivos de inteligencia. Se garantiza que la información no será almacenada en las bases de inteligencia.

Se crea un banco de protección de datos y archivos. Se establecen penalidades para quienes no cumplan. Es no excarcelable que se intercepte ilegalmente comunicaciones telefónicas, de telégrafo, voces y paquetes de datos. Serán reprimidos todos los empleados que tomen contacto con los servicios de inteligencia fuera de los canales institucionales. El 14 de enero se hizo una denuncia contra la presidenta y Timerman. Se nos acusa de confabular para desincriminar a los iraníes a cambio de comercio. Yo leí los diarios y no hay un solo abogado que una vez que se conoció la denuncia crea que eso haya sido escrito por un abogado y menos por un fiscal. Estuvimos en todos los foros internacionales por la causa AMIA. Es tan absurda la denuncia que aún de haber pasado eso tampoco habría delito. No se delinque firmando con el Congreso. La actividad argentina fue la que sostuvo las alertas rojas. El petróleo iraní no sirve para Argentina. Se importa petróleo refinado. Se incurrió en groseros errores. Hubo falsos agentes que hacían tráfico de influencias. Esto se conoció el día de la denuncia. A propósito de las dos cartas se dijo que en la segunda cambié de opinión. Una lectura detenida ve claramente que cuando hablo de la muerte o suicidio y al caso del Fiscal Nisman pongo 'suicidio' entre signos de interrogación. El monopolio omitió el párrafo. Me di cuenta de que algo pasaba el lunes a las 0.30. María Cecilia Rodríguez me dijo 'ha sucedido un incidente en el departamento de la casa del fiscal Nisman'. Hay en el baño un charco de sangre.' Primero pensé que era un chiste. Me dijo 'no, doctora, le estoy diciendo la verdad. El Juez no quiere entrar hasta que llegue la Fiscal'. 2 y media de la mañana me dicen que era el cuerpo del Fiscal. La pistola de Nisman pertenecía a un empleado de íntima relación con el Fiscal. Concurría a su departamento. Le da su propia 22. Esta persona además es un feroz opositor al gobierno. Pudimos advertir por su Twitter las groserías e insultos, casi con contenido machista. Lagomarsino es hermano del gerente de Informática del Grupo Clarín.

Si en lugar de que el arma perteneciera a Lagomarsino perteneciera a un militante del FPV, ¿qué se estaría diciendo?

Pedí especial protección para Diego Ángel Lagomarsino. Nos enteramos de que no tenía custodia.

Lagomarsino comenzó a tramitar su pasaporte el día que Nisman empezó a tramitar su denuncia. El pasaporte le fue retenido.

En 2010 tuvimos un asesinato terrible: el del militante Mariano Ferreyra. Fue una escaramuza entre dirigentes. Cuando la familia vino a verme me preguntaron si se iba a proteger a alguien. Le dije a Pablo Ferreyra que no estaba casada con nadie y que no pensaba casarme con nadie. La Jueza Vilma López hizo una excelente labor. Hubo varias discusiones. Un perito trató de desviar. Cuando la justicia se pone a investigar encuentra a los culpables. La muerte del fiscal Nisman está vinculada al atentado a la AMIA. Parecen interesados en que nadie investigue. Los que le venden granos a Irán son Aceitera General Deheza, Molinos. Hacen triangulación. Estas empresas no son amigas del gobierno. Seguimos como estamos en 2003: queremos saber. Le reclamamos cooperación judicial a Irán."

Se descubrieron 4.040 cuentas y hay desinformación por parte de la prensa.

A mí no me van a extorsionar. No les tengo miedo. Que los jueces me citen. Es necesaria una reforma en el poder judicial. Los tres poderes debemos exhibir transparencia. Es posible encontrar a quien mató a alguien.

Al otro día, la Presidente aprovecharía para sacarse una foto con un grupo minoritario de familiares de víctimas de la AMIA que se consideran kirchneristas. La imagen sería enviada a todos los medios del mundo por la infiltrada agencia Télam.

El kirchnerismo salió a apoyar la idea de la relación homosexual generada por la Presidenta. El primero en poner el cuerpo por la causa fue el Senador Nacional por Misiones, Salvador Cabral, dando una intensa teoría sobre un romance homosexual entre Lagomarsino y Nisman: "Fue un crimen pasional entre un amor homosexual. El marido, digamos así, que es el flaquito que le llevó la pistola, lo encontró en situaciones amorosas al muerto y le pegó un tiro en la cabeza amorosamente.

Es un cadáver que la mafia, los servicios e tiraron al Gobierno encabezado por Stiuso, creyendo que con eso se iba a producir una crisis política de mayor profundidad que no se produjo".

Por último concluyó: "No sé si habrá sido Lagomarinso. Lo único concreto es que hay una arma y un joven, sin los cuales el delito no existía".

Otro que salió con la hipótesis gay fue Alberto Samid, pro iraní, vicepresidente del Mercado Central de Buenos Aires. "Lo primero que tenemos que saber es si lo que dijo este senador, Salvador Cabral, era verdad. Si Nisman era gay y si era el novio Diego Lagomarsino. Esto se tiene que saber inmediatamente. Sin ahora aceptamos el matrimonio entre dos hombres o dos mujeres, no nos tiene que aterrorizar si este hombre era gay. Ustedes no quieren saber la verdad".

Samid es el mismo que había sido asesor presidencial de Carlos Memem y que fue expulsado del Gobierno por enviar un cargamento de 140.000 kilos de carne a Irak en dos jumbo 727, burlando el bloqueo de Naciones Unidas. El contrabando fue en septiembre de 1990, días después que la Argentina anunciara oficialmente que enviaría naves al Golfo Pérsico.

Cuando Cabral fue citado por la Fiscal Viviana Fein para que ratifique sus dichos, el senador presentó una carta donde explicó que se basó en rumores.

Nisman Lujurioso

La teoría de homosexualidad de Nisman no duró mucho. Una cuenta de Twitter @nismanlujurioso, comenzó a filtrar fotos de la intimidad de Nisman, en viajes exóticos junto a infartantes modelos. Su comportamiento es entendible. Había vivido toda su vida con Arroyo Salgado y desde hacía tres años estaba soltero, un momento para hacer todo lo que no había podido hacer durante dos décadas. Todos los que lo conocían lo marcaban como un hombre que sólo salía con mujeres hermosas. Comenzó a frecuentar boliches nocturnos del barrio de Palermo. Sus preferidos eran Rosebar, en Honduras 5445, y Club Shampoo, avenida Presidente Manuel Quintana 362. Allí pedía mesas vip que llegaban a costar 5 mil pesos la noche. En poco tiempo se hizo amigo del representante de modelos Leandro Santos. En 2012 la República de Uruguay pidió la captura de Santos, acusado de manejar una red de prostitutas vip. Varias mujeres del otro lado del Río de la Plata habían declarado que Santos las vendía por 3 mil dólares la noche. "Todo lo que se dice es una irrealidad e injusticia total. No cometí delito en ningún lado. Tengo millones de modelos que hablan maravillas de mí y trabajan hace años. No sé dónde salió esta denuncia. No lo puedo creer. Me arruinaron la vida", dijo Santos en una conferencia de prensa en 2012. Cuando salió, fue detenido por dos agentes de Interpol. Sin embargo, el representante de señoritas logró presentar un habeas corpus ante la Justicia Argentina y la extradición quedó en suspenso. Desde ese momento, la causa en Uruguay se estancó.

¿De dónde salieron las fotos de @NismanLujurioso? Aún es un tema de debate. Algunos plantean que fueron filtradas por los peritos electrónicos de la Policía Federal Argentina que hicieron los estudios sobre los teléfonos y computadoras de Nisman. Otros, más arriesgados, señalan que fueron robadas durante el escudriñaje al departamento de Nisman, con el Fiscal fallecido en el baño.

La primera noviecita de Nisman que salió a la luz fue la morocha Florencia Cocucci, por sus fotos juntos en Cancún. Cocucci admitió que conoció a Nisman en 2013 en Rosebar y que se vieron en México. Él estaba de vacaciones y ella había ido a sacarse fotos.

Santos también le presentó a Nisman a sus representadas Danisa Sol Fernández, Sol Aguilar y Costanza Antonaci. Las fotos de las tres con Nisman, en sospechosa intimidad, también serían subidas a la cuenta @NismanLujurioso.

Sol Aguilar fue el motivo por el cual Nisman se separó de Arroyo Salgado. Un viaje que realizaron a EE.UU., cuando la amante del Fiscal Especial todavía no era mayor de edad, fue la gota que rebalsó el vaso de la Jueza de San Isidro.

La modelo de la agenica Santos, Ayelén Preto, daría el último manto de luz en su presentación al casting de Gran Hermano Argentina 2015: "Mi nombre es Ayelén Preto tengo 25 años, soy modelo, hasta hace un mes estaba en la Agencia Leandro Santos, que cerró sus puertas cuando sucedió lo del caso Nisman porque había chicas implicadas en el tema de las presencias. Nisman era uno de los que contrataba las presencias por eso las chicas llegaron a conocerlo a él. Era todos los jueves, porque los jueves era cuando se abría ese boliche de Palermo Rosebar e iban siempre las mismas chicas. Una vez me lo crucé en una de las presencias porque yo hacía muchas presencias y era de lo que vivía".

Diferente es el caso de Yamila de Pietre, una joven muy atractiva que también viajó a Cancún y era una secretaria de Nisman en la Fiscalía Especial AMIA, con un sueldo llamativo y quien nunca aclaró su situación sentimental con el fiscal.

La conferencia de Lagomarsino

Luego de la falsa entrevista a Diego Lagomarsino en Página 12 y el ataque de Cristina Fernández de Kirchner, al técnico informático no le quedó otra que hablar. Los medios se reunieron en la oficina de su abogado, Maximiliano Rusconi. Con cara de temor y extremadamente cansado, comenzó el relato que había practicado una y mil veces:

"Estoy el sábado en mi casa y me aparece una llamada privada en mi teléfono. Era Alberto Nisman diciéndome si podía ir. No era infrecuente que me pidiera eso. Llego a Puerto Madero en 20 minutos. Me identifico en el portón que queda más para el lado del río. Hablan con alguien arriba y me autorizan el acceso. Entro por la puerta de servicio. Subo y me abre la puerta. Paso a la cocina. Sobre la mesa del living había mucha documentación. Me llamó la atención que había cuatro resaltadores amarillos. Me llamó la atención por la forma que era él. Le pregunté si había tenido más repercusión de lo que él pensaba y me dijo que sí, que su madre había tenido que ir al súper por él. Me dijo que en realidad tenía más miedo por tener razón que por no tener razón. En ese momento me dice "¿Tenés un arma?". Me dejó mal, no lo podía creer y lamentablemente le dije que sí. "Tengo miedo por las chicas", me dijo. "Pero Alberto vos tenés seguridad", le dije. "Pero ya no confío ni siquiera en la custodia", me respondió: "¿Vos sabés lo que es que tus hijas no quieran estar con vos por miedo a que les pase algo?", me comentó. Le dije: "mirá es un arma vieja, es una 22". "Es para llevar en la guantera por si viene algún loquito y me dice sos un traidor de mierda", me respondió. Es un arma que realmente fallaba. Me dijo: "¿El único favor que te pido y no me lo hacés?". A la ida no estaba su custodia, me dijo que la había mandado a hacer un trámite. Cuando vuelvo sí estaba la custodia. Subo con el custodio por el ascensor. Sale

225

Nisman con un sobre de color madera y se lo entrega. El custodio se va. Yo entro. Estaba muy shockeado. Me hace pasar al living. Le pido un café, me da una cápsula y me pide que me lo prepare. Yo no soy experto en armas, pero la persona que me lo dio me dio las instrucciones y se las di. "Igual no te preocupes porque no la voy a usar", me dijo. Le expliqué y el hizo toda la operatoria. Me dijo que tenía portación porque era Fiscal. El envuelve el arma en el paño verde y lo deja en el apoyabrazos del sillón. Una de las cosas que él me dijo fue que iba a guardar el arma en la caja de seguridad y después la iba a poner en la guantera del auto. Me hace salir por el frente. Toco el botón del ascensor, me subo, había cinco personas, me bajo en la planta principal. Tres personas se bajaron y otros dos siguieron hacia planta baja. Y ahí me fui. Fui a buscar la camioneta y agarré la autopista y me fui. Le mandé un Whatsapp para ver si estaba más tranquilo y no me salieron las dos tildes azules".

La coartada de Lagomarsino es simple y estudiada. Su relato es bastante frágil y nadie le cree. Cuando explica que llevó el arma desarmada desde su casa a la de Nisman, para que su condena por prestar la Bersa 22 sea leve.

¿Para qué quería Nisman una pistola calibre 22, si tenía en la casa de su madre? Nunca lo sabremos. ¿De dónde sacó Lagomarsino las balas de punta hueca, totalmente prohibidas en el pais? ¿La pistola que heredó era del Teniente Lagomarsino de León?

Se notaba que detrás de la historia estaba Maximiliano Rusconi, un experto en las artes judiciales. Caro, muy caro. Rusconi había ofrecido sus servicios a la Jueza Federal Sandra Arroyo Salgado antes que a Lagomarsino. Sin embargo, el abogado estrella dijo que asesoraba al técnico informático porque su mujer era conocido de un familiar. Incomprobable. El rumor en Tribunales es que Rusconi viene buscando, desde hace rato, un puesto como Juez en Casación Penal y que esperaba que este sea su trampolín hacía el anhelado martillo, si lograba ayudar a las personas indicadas en este caso.

La Primera Misión de Lagomarsino

Las primeras dudas sobre las actividades de Inteligencia que realizaba Diego Lagomarsino las dio el abogado José Iglesias, padre de una víctima de la tragedia de Cromañón. "Venía a mi estudio, participaba de reuniones, incluso me sacaba fotos cuando hablaba por teléfono o con algún familiar; y así durante unos 15, 20 días, hasta que me preguntó si podía fotografiar las cosas de mi hijo. No sospeché nada y le dije que sí, y a eso de las ocho de la noche vino a mi casa, le fui mostrando las cosas de mi hijo, con todo lo que eso significaba, y luego se retiró. Posteriormente mi pareja, que es fotógrafa, me dijo que con la poca luz que había en la habitación se necesitaba flash y él no lo usó, y nos cayó como una ficha, una duda, y al día siguiente él desapareció. Seis o siete meses después lo cruzo en el centro. A unos 50 metros lo veo venir por la misma vereda, me decidí a abordarlo y cuando me vio, cruzó corriendo la calle y desapareció; y nunca más lo volví a ver. No tengo dudas que es la misma persona".

Días después, en el portal de noticias kirchnerista InfoNews, se dio a conocer un video de una marcha por Cromañon, donde se dice que aparece Lagomarsino. Sin embargo, la imagen era del periodista de Rolling Stone Pablo Plotkin, que cubría el desenlace judicial del caso. "No, no es ese. Yo dije que no era el del video. El video lo subieron no sé para qué", señaló Iglesias. Se intentaba limpiar las dudas sobre Lagomarsino, pero ya era demasiado tarde.

El entierro

Arroyo Salgado y sus peritos decidieron no hacer una segunda autopsia. Creían que ya tenían todo a mano para comprobar el homicidio. Uno de los grandes errores de la querella en esta causa. La jefa de los fiscales, la kirchnerista Gils Carbó fue insultada cuando ingresó al velatorio en la casa O´Higgins (O'Higgins 2842). También rompieron la corona que había enviado. La presencia más llamativa fue la del embajador de EE.UU., Noah B. Mamet.

Nisman fue enterrado el 29 de enero en el cementerio judío de La Tablada en el marco de un fuerte operativo de seguridad. La gran duda que teníamos en ese momento era dónde sería enterrado. Según la tradición judía, los suicidas deben recibir sepultura en un lugar apartado de sus padres. Sin embargo, Nisman fue enterrado a pocos metros de donde estaban las 85 víctimas de la AMIA, en una zona conocida como el Lugar de los Mártires. Quedó confirmado que para su comunidad, el Fiscal era una víctima más del terrorismo.

La primera en hablar fue la ex mujer, Sandra Arroyo Salgado:

"Los que te conocemos sabemos que esto no fue decisión tuya. Tenemos la certeza de que esto fue obra de otras personas. Hablo también como miembro del poder judicial, poder en donde creo que no estamos haciendo bien las cosas".

Sus hijas, Iara y Kara, le escribieron dos cartas, que fueron leídas por Arroyo Salgado:

"Papá, voy a extrañar mucho jugar al Uno con vos, tus chistes, que mires mis fotos y me digas lo que te parecen y que en todos los lugares a los que nos vamos sacándonos una foto e ir a comer sushi todos los domingos. Te voy a extrañar mucho y estoy segura de que no soy la única. A pesar de nuestras discusiones, yo tengo muy buenos recuerdos de vos. Lo que más me acuerdo es nuestro último viaje. Me acuerdo de cómo te gané tres veces seguidas en el Uno y no quisiste jugar más. Cómo cuando me regalaron una caja llena de chocolate y te los comiste casi todos, que según vos eran 90. Todo lo que me explicabas por las preguntas que yo te hacía todo el día por lo que había pasado en París, pero más que nada me acuerdo de todas las veces que me hacés reír. Espero que los demás te recuerden como yo, cuando estabas alegre y haciendo chistes todo el tiempo. Tango también se acuerda de vos y estoy segura de que te extraña. Te prometo que lo voy a cuidar mucho. También te quiero agradecer por todo lo que hiciste por mí y los buenos momentos que pasamos juntos. Sé que ahora vas a estar en un mejor lugar y en paz, pero siempre vas a estar en mi corazón. Voy a estar todo el tiempo pensando en vos y en la buena persona que sos. Te amo", escribió Iara.

"Papá te voy a extrañar mucho, espero que la pases muy bien y te reencuentres con tu papá y la bove Clara. Te quiero mucho. Fuiste muy bueno y yo todavía pienso que estás en mi corazón. La pasé muy bien con vos cuando fuimos a Disney, a Chile, a Las Leñas y un montón de lugares más. Nunca voy a dejar de pensar en vos y tampoco en todas las lindas cosas como cuando peinábamos a Tango. Quiero que sepas que te reamo y siempre voy a estar con vos. Nos vemos cuando me muera. Te amo. Espero que descanses en paz", dijo la más chica, Kara.

El último en decir unas palabras fue el filósofo Santiago Kovadloff:

"De Amós a Ezequiel, de Isaías a Jeremías, la convocatoria profética en la tradición judía ha sido siempre un llamado a vivir en el marco de la ley. La ley, enseñan los profetas, exige combatir la corrupción, considerar al prójimo, concebir como propios los ideales de quienes aspiran a convivir con equidad y respeto recíproco. La ley, enseñan los profetas, exige enfrentarse al delito, apartarse del desenfreno que implica la riqueza malhabida. La ley, tal como la entendieron los profetas, concibe la política como indeclinable ejercicio de responsabilidad cívica y al poder como un atributo sujeto a la ley. La ley recuerda sin cesar, en boca de los profetas, que ella solo existe si no se convierte en un recurso a disposición de las ambiciones sin límite de quienes gobiernan.

Alberto Nisman supo ser fiel a esa tradición varias veces milenaria. Y, en esa medida, a las mejores expectativas de la sociedad argentina; una sociedad vapuleada por el encubrimiento y la distorsión de lo que debería saberse; encubrimiento y distorsión que no son otra cosa que un acto de traición a la ética. Porque la ética, entendida como voluntad civilizadora, no es sino la configuración social de la verdad.

Quien cumple con la ética, cumple con la ley. Y cumple mucho más con la ley si pone su empeño al servicio de la justicia.

Así procedió Alberto Nisman. Se jugó la vida- y pagó con ella- para impedir, en la medida de sus fuerzas, que el crimen se llevara por delante, sin costo alguno, la verdad, la ética y la República.

Alberto Nisman murió en el intento de echar luz sobre la oscuridad. Su muerte atroz iluminó el espesor de esa oscuridad. Una oscuridad que cae sobre nosotros desde hace mucho.

Con su trágica desaparición, el atentado contra la AMIA, es decir contra la nación argentina en el cuerpo de esa institución judía, se cobró una víctima más. Hoy, sus familiares y nosotros nos unimos como deudos a todos aquellos que ya nos representaban y que pasaron a ser los semblantes del dolor y del reclamo de justicia, en nombre de los compatriotas asesinados el 18 de julio de 1994.

Aquí están, ante nosotros, las hijas del fiscal que perdimos. Aquí están, junto a nosotros, estas niñas para las que no hay consuelo porque les han arrebatado a su padre de un balazo. Son huérfanas sembradas por la barbarie que hoy como ayer contamina a la Argentina con su aliento criminal y su pavorosa libertad de acción.

Que nadie intente brindarles el consuelo que no pueden encontrar. Tengamos la lucidez y la humildad de saber cuál es el límite de las palabras. Tengamos tan solo la hombría de bien necesaria para desearles de corazón que, cuando crezcan y sean adultas como nosotros, no se vean obligadas a sumar, a la orfandad que ahora les imponen el terror y la impunidad del terror, la orfandad que en este momento nos abruma a nosotros como ciudadanos. Que no se vean ellas obligadas como nosotros a vivir en el desamparo que nos impone un estado enfermo de corrupción y cuyos promotores se ríen en la cara de los argentinos sedientos de verdad.

Esos argentinos no solo son los familiares de tantos muertos. Somos todos nosotros, espectros y no más que espectros de lo que deberíamos ser. Porque donde la Justicia no impera tampoco impera la vida en su significación espiritual más alta.

La República vuelve a estar de duelo con este asesinato. Somos millones los argentinos persuadidos de que la muerte de Alberto Nisman abre un interrogante estremecedor sobre el valor de nuestras propias vidas. Millones los argentinos convencidos de que Alberto Nisman sólo descansará en paz el día en que en nuestro país sea posible vivir en paz. La Justicia no podrá devolverle la vida al Fiscal Alberto Nisman. Pero podrá devolvernos la dignidad a todos los argentinos si se atreve, como él se atrevió, a ir en busca de la verdad".

19 de febrero

Diario MUY

Homenajeado por su familia y la sociedad, por Gabriel Bracesco

Estar bajo la lluvia torrencial por el recuerdo de un padre, por la memoria de un ex esposo, para que un hijo no caiga en el olvido, por el esclarecimiento de la muerte sospechosa de un colega, por Justicia para un Fiscal de la Nación. Vestidas de negro, la Jueza Federal Sandra Arroyo Salgado y las dos hijas adolescentes que tuvo con Alberto Nisman llegaron alrededor de las 17.50 a la esquina de Avenida de Mayo y Luis Sáenz Peña. Su presencia estuvo en duda hasta el día mismo de la marcha, pero la mayor de las hermanas, Iara, logró convencer a su mamá. Tenían que estar, no podían faltar: era la marcha por él. Estuvieron junto a la madre de Nisman, Sara Garfunkel, y su tía, Lidia, detrás de la columna principal, encabezada por una pancarta negra que llevaba el mensaje: "Homenaje al Fiscal Nisman. Marcha del Silencio". La sostenían los fiscales Carlos Stornelli, Guillermo Marijuán, Ricardo Sáenz, José María Campagnoli, Raúl Plee, Carlos Donoso Castex, Luis Cevasco, Germán Moldes y Carlos Rívolo, y el Secretario General de los empleados judiciales, Julio Piumato.

Tardaron casi dos horas y media en hacer la decena de cuadras que separa la Plaza de los Dos Congresos y la Plaza de Mayo. Pese a que tenían paraguas, terminaron empapados. Fueron resguardados por gente del gremio de judiciales, que se esforzaba para hacerles lugar en una mani-

festación que reunió a 400.000 personas. Unos 30 familiares de Nisman se sumaron al grupo central cuando pasaron
por la calle Salta, alrededor de las 18.20. En ese momento,
el agua caía a baldazos sobre el macrocentro porteño. Las
cuatro mujeres de Nisman prefirieron hacer la mitad del
recorrido a pie y culminarlo en auto. Todos querían verlas,
saludarlas, tocarlas, ofrecer su apoyo, sentir que daban el
pésame o cumplían con su parte en el reclamo por el Fiscal
fallecido.

Una vez alcanzada la oficina de Nisman en la sede de la
Fiscalía Especial AMIA, ubicada en Avenida de Mayo 760,
se realizó un minuto de silencio. Se escucharon aplausos y
gritos por Nisman. Se cantó el himno. También vivaron al
Fiscal Campagnoli, que pedía respeto por su colega. "El
primer impulsor de la marcha fue el Gobierno", expresó
minutos antes de la movilización. Piumato fue el único que
tomó el micrófono. Dijo: "Este homenaje es mantener la
transición del dolor que nos causó la muerte de un fiscal de
la Nación, el doctor Alberto Nisman, acompañando el
sentimiento de la familia".

Arroyo Salgado había emitido un comunicado, horas antes
de la movilización, advirtiendo que no iba por un interés
político, sino que lo hacía por Nisman. Conciente de que "la
difusión pública y masiva de la convocatoria, a la que se
sumaron progresivamente voces de otros sectores sociales,
políticos y mediáticos, adicionó controversias con otros espacios", aclaró: "Nuestra presencia se orienta a rendir reconocimiento a la persona que fue y al funcionario cuya in-
condicional y valiente entrega al trabajo destacamos".

La quemada

El domingo 15 de febrero a las 2.30 de la madrugada, el 911 fue alertado por un incendio en un generador de electricidad ubicado en una plazoleta de Avenida de los italianos y Martha Lynch, a 50 metros de las torres Le Parc. Un patrullero llegó al lugar y los efectivos se encontraron una persona en llamas, tirado en el suelo, contra la estructura de ladrillos de la subestación 89 de Edesur. No podían hacer nada hasta que llegaran los bomberos. Un transeúnte se acercó y sacó dos fotos que luego se filtraron a los medios. Allí se observaba un cuerpo ya carbonizado, en posición fetal, con dos botellas al costado, una de alcohol y otra de nafta.

Oficialmente, lo único que se sabe hasta el momento es que la autopsia practicada por los peritos del Cuerpo Médico Forense, y el estudio realizado por el Equipo Argentino de Antropología Forense, indicó que el cuerpo era de una mujer, cuya edad oscilaba entre los 40 y 50 años, y su altura era de 1.52 a 1.60 metro. La Fiscal Graciela Alicia Bugeiro remitió un pedido de identificación al Área de Búsqueda de Personas Extraviadas de la Secretaría de Cooperación con los Poderes Judiciales y Ministerios Públicos, que funciona en el ámbito del Ministerio de Seguridad de la Nación. Sobre la base de esos datos, se analizaron expedientes para determinar si el cuerpo podría estar vinculado con otra investigación.

Extraoficialmente se supo que el cuerpo alcanzó los 700 grados y que quedó poco material biológico para realizar un ADN. Nadie reclamó el cadáver. Para quienes cubrimos policiales, es común este tipo de suicidios en personas en situación de calle, ya que usan el alcohol para emborracharse. Tenemos dos o tres casos de este tipo por mes, sobre todo en las afueras de

Buenos Aires. Sin embargo, hubo una teoría más extraña que comenzó a circular en Internet y se convirtió en un mito urbano: que la mujer era una espía de la SIDE que había sido parte del complot para matar a Nisman y que su cuerpo había sido escondido en Le Parc y luego desechado.

La circulación de este rumor causó temor en los involucrados en la causa Nisman y fue clave para la aparición de la testigo Natalia, quien temía por su vida y había sido parte de las pericias en el departamento de Nisman, comandadas por la Fiscal Viviana Fein. Luego de la aparición de la quemada, Natalia habló con su familia y decidió salir a contarle a los medios qué había visto esa noche, como una forma de defensa ante los hechos cada vez más raros que rodeaban al caso Nisman. Creía que la exposición la protegería de ser la próxima víctima del caso. La próxima quemada.

La testigo Natalia

El 16 de febrero apareció en los medios Natalia Gimena Fernández, de 26 años, quien fue uno de los seis testigos que estuvieron en el departamento de Nisman durante la primera noche de procedimientos. Natalia, quien suele vestir con camperas de cuero, corte de pelo stone y anteojos redondos, salía de trabajar del bar Jonnhy B. Good de avenida Alicia Moreau de Justo 740, ubicado a quince cuadras de Le Parc. Se encontraba con una compañera y estaban a punto de tomar un taxi, cuando fueron demoradas por un patrullero de Prefectura para que sean testigos del caso. "Unos tipos nos pidieron los documentos. Nos preguntaron la edad, si estábamos drogadas o habíamos tomado alcohol", señaló Natalia en la nota que le realizó Natasha Niebieskikwiat, de Clarín. "Tengo miedo, pero hay muchas cosas que me indignaron", le dijo a la periodista.

Natalia se decidió a hablar luego que una persona extraña con una credencial verde de Amnistía Internacional se acercara hasta su trabajo, la llamara por su nombre y le ofreciera los servicios del abogado Fernando Burlando (que días después conoceríamos que era el letrado de Yussef Khalil y Fernando Esteche, los imputados en la denuncia de Nisman).

Natalia confirmó que la escena del crimen era un caos, en todas sus formas. No se cuidó la prueba, ya que iban a destruirla. También quedó claro que revisaron toda la información que tenía Nisman en su casa. Damián Pachter no les había dado el tiempo suficiente.

-¿Esta es la testigo? ¿Esto es lo mejor que conseguiste? - dijo la Fiscal Fein esa noche, apenas vio a Natalia.

-Disculpá. Yo no estoy acá por gusto. Si vos querés que yo me vaya, yo me voy -respondió Natalia.

"Escuché ruidos como de una aspiradora antes de entrar al departamento. Cuando se llevaron el cuerpo de Nisman, no lo escuché más", comenzó a contar la testigo.

"En el departamento había carpetas que decían Causa o Secretos. Había como 25 carpetas. Ellos leían cada página, hacían un resumen, lo escribían y me hacían firmar a mí. Los peritos pedían más marcadores indelebles porque los que había estaban secos y subrayaban y marcaban las hojas. ' Natalia, quiero que sepas que esto está así tal cual nosotros lo encontramos', intentaban calmarme", explicó.

"Cuando estábamos sentadas en la escalera, metieron la camilla y en ella sacaron el cuerpo. Eran como las 3.30. Estaba envuelto en una bolsa negra. Se lo llevaron para la derecha, pero a los 15 minutos lo volvieron a meter y se lo llevaron para la izquierda. 'No boludo, por acá no. Es por allá', decían con risas. Y después, cuando lo metieron en el departamento no vi por dónde lo sacaron". Este testimonio dice que el cuerpo fue sacado del departamento a las 3.30, casi dos horas antes que oficialmente salga del edificio, a las 5.30 de la madrugada.

"El portero se sentó al lado mío. Yo me puse a llorar. Estaba muerta de sueño, y me ofreció un café. Y el café era de la cafetera que estaba enfrente a la mesa de papeles. Era la cafetera de Nisman", contó Natalia. Y agregó: "Tomaban mate y pidieron medialunas. Tocaban todo. Había unas cincuenta personas. La Fiscal preguntaba ¿la cortamos acá y la seguimos mañana? Unos astronautas agarraron el teléfono de Nisman y dijeron que nadie lo toque. El teléfono no paraba de sonar y unos minutos más tarde, una agente lo agarró y quiso responder. Yo misma empecé a decir: 'no, no, dijeron que no lo toquen, es el teléfono del tipo que mataron'".

Natalia también señaló que "la Fiscal me mostró cinco

casquillos de bala, pititos o algo así". Fein contrarrestó este punto al día siguiente: "Había una sola vaina servida y nada más, y cuatro balas en el cargador, y un proyectil en el cerebro del doctor Nisman".

Otra cosa que dijo Natalia es que no se le permitió firmar su declaración en el momento y que recién pudo hacerlo el 20 de enero, dos días después, apurada por un oficial para que firme porque "tenía que hacer cosas importantes". Tampoco se le entregó una copia de la primera declaración.

La Fiscal Fein salió con los tapones de punta contra Natalia: "Lo que dice esta chica no existe, es descabellado y se va a tener que hacer cargo de lo que dijo. Esto para mí es una vergüenza. No voy a permitir en cuanto a mi honra, mi trabajo o lo que toque a mi persona, que me ataquen. Los dichos carecen de seriedad y forman parte de una novela de mal gusto. Son una fantasía. Habría que preguntárselo a ella por qué hace esto. El operativo se encuentra debidamente documentado".

La agencia Télam, probadamente vinculada a los servicios de Inteligencia, salió en defensa de Fein.

17 de febrero

Télam

La Fiscal Fein calificó de "descabellado" el testimonio de una testigo

La Fiscal Viviana Fein desmintió hoy las "expresiones descabelladas" de una supuesta testigo que denunció ante medios del Grupo Clarín irregularidades durante el operativo realizado en el departamento de Alberto Nisman la noche de su muerte, en vísperas de que la titular de la Fiscalía en lo Criminal de Instrucción 45 dé a conocer los resultados de las pericias toxicológica y anatomopatológica realizadas sobre el cuerpo.

Fein, a cargo de investigar la muerte de Nisman, desmintió la información publicada por Clarín en la que esta testigo llamada Natalia Fernández detalló supuestas irregularidades en el procedimiento y rechazó dar a conocer la identidad de los testigos del procedimiento, pero aseguró que la joven "está mintiendo" y adjudicó los dichos a "maniobras desagradables y absurdas" vertidas por "quienes no conocen ni mi trayectoria ni mi forma de trabajar".

Natalia Gimena Fernández, presentada como testigo presencial del operativo llevado a cabo en el departamento de las torres Le Parc donde apareció muerto el Fiscal Alberto Nisman el 18 de enero, reiteró que esa noche fue llevada por Prefectura al lugar, y que volvería a declarar en sede judicial, luego de hacer declaraciones para el diario Clarín y Radio Mitre, y afirmó que si salió a hablar fue porque la "buscaron".

Fernández, quien había afirmado que le ofrecieron café de la cafetera que usaba Nisman y señaló supuestas irregularidades en ese operativo, fue desmentida por la Fiscal a cargo de la investigación, Viviana Fein, que adjudicó los dichos a "maniobras desagradables y absurdas" e indicó que la testigo "deberá hacerse cargo de las afirmaciones que puso" en su boca.

En una entrevista de casi una hora con Radio Mitre, la supuesta testigo aseguró que no vio el cuerpo de Nisman, aunque después indicó que estaba "adentro de una bolsa y lo llevaban para un lado y para el otro", diciendo "por acá no entra".

A su vez, destacó que cuando llegó al departamento "había mil periodistas" y comenzó a sospechar sobre quién podía llegar a ser la persona que "había aparecido muerta", entonces dice haber googleado el nombre de Alberto Nisman.

Por otra parte, la joven aseveró que "la gente que estaba ahí subrayaba los papeles" y relató no haber visto a la madre de Nisman, Sara Garfunkel, una de las primeras en llegar al departamento, aunque sí al Secretario de Seguridad, Sergio Berni, que según expresó "estaba parado hablando por teléfono".

Fernández expresó que en el lugar "estaban todos tirados como si nada" y le dijeron que "no toque nada, pero después le dijeron que "podía recostarse".

Durante la entrevista, la joven relató que esa mañana después del operativo y de firmar "los papeles que estaban ahí, decían escuchas telefónicas, que tenían que ver con la AMIA", se fue caminando de esas torres y añadió que en ese momento no firmó "un acta, sino sobre las carpetas que estaban ahí".

En ese sentido, aseguró que el 20 de enero firmó documentación y fue "el último contacto directo con la causa".

De esa fecha hasta hoy dijo haber recibido "llamados extraños" y manifestó tener "miedo" y expresó que "quisiera tener algún tipo de protección", ya que en el bar en el que trabaja se le acercaron dos veces preguntándole "si ella era Natalia", ante lo que ella "siguió atendiendo".

"Soy apolítica y digo lo que viví y lo que escuché", dijo y señaló que no salió de "ningún cuento de fantasía" y que no está "diciendo nada que no sea la verdad".

Fein defendió la actuación en el procedimiento tanto de los peritos como del cuerpo médico forense, al mismo tiempo que rechazó que se haya utilizado la cafetera o cualquier otro elemento de la casa del fiscal.

Finalmente, Fein anticipó que evaluará junto a la jueza Fabiana Palmaghini la posibilidad de citar a Fernández por sus "expresiones descabelladas" y le pidió a los medios "seriedad" y que "lean lo documentado en la causa".

Testigo C

Luego de que la testigo Natalia apareciera en el diario Clarín, la Fiscal Fein liberó la información de los restantes testigos en la causa a periodistas del canal Telefé, del grupo Telefónica de España y alineado al Gobierno kirchnerista por sus cuantiosos negocios en el país. El primero en aparecer fue el testigo C, un carpintero que trabajaba en una obra de Puerto Madero, que habló de espalda a cámara y dijo:

"Llegué 6:40 con dos de la Brigada, entré por atrás, porque el ascensor principal no funcionaba. Entramos al departamento, pasamos por el dormitorio, cuando yo entro, veo a mi lado izquierdo el baño, al lado del vestidor y el piso lleno de sangre. Se me puso la piel fría. Había sangre en el centro del baño, al lado de la ducha, no en el espejo. Justo del lado de la puerta. Había una puerta corrediza (en la ducha) . Cuando yo llegué no estaba el cuerpo. Vi mucha sangre, dos, tres litros de sangre. También. Había al menos treinta personas, había de Prefectura y Federal y la Fiscal Fein. Vi a la madre y a las dos hermanas, la vi tranquila, triste, como toda madre que despide a un hijo. Escuché a la Fiscal Fein que le decía cosas a los peritos. Vi documentos, Netbooks, Las computadoras de la pieza de las nenas estaban prendidas. En el dormitorio de Nisman estaba prendida la televisión. También vi documentos en la basura de Nisman. Los peritos sacaban fotos y filmaban. No vi fotos pero vi cheques de 200 mil pesos y pasaportes, que sacaron de la caja fuerte. Había tres testigos, yo, mi compañero y un electricista, que éramos peritos de la Federal. Después nos llevaron a declarar, a dar detalles de lo que ví. Lo que más me impactó fue la sangre".

El testigo trucho de Telefónica

El testigo Hebert Brandariz llegó al departamento de Nisman a las 23.40, antes que la Fiscal Fein, el Juez De Campos y el Secretario Berni.

23.40. Antes que la Policía o Prefectura le avisara a la Fiscalía de turno que había una persona muerta. ¿Lo extraño de Hebert Brandariz? Es un actor, afiliado número 11.626 del Sindicato de Extras de TV y había sido parte de diversos programas del canal de Telefónica en Argentina, subsidiaria de Telefónica de España, con ingresos de 8 mil millones de dólares anuales en el país, gracias a las buenas amistades con el kirchnerismo. Los medios de Telefónica siempre aceptaron los contenidos del Gobierno y esta vez no iban a fallar. Dos días después de la aparición de Natalia, el noticiero de Telefé le hizo una entrevista a Brandariz.

"Cuando llegó Berni nos dijeron que no toquemos nada, estabamos en el palier del edificio. Yo no conocía a nadie. Si tomamos en cuenta desde que yo llego hasta que ingresamos al departamento con Fein, fácilmente fueron dos horas. No se puede asegurar que no hayan alterado la escena del crimen. Tuvieron que forzar la puerta para poder entrar. Muy cuidadosamente, los peritos respectivos empiezan a deslizarse hacia adentro del baño. El cuerpo estaba la cabeza apostando, recostada a la puerta del baño, que no era corrediza. El hombro se apoyaba en el caño del arma, a la derecha de la rodilla había un casquillo y el charco de sangre. No había maltrato o trompada. El arma estaba entre el cuerpo y el piso. El cuerpo se lo llevaron los bomberos para trasladarlo a la morgue. La única forma de sacarlo era sacarlo del baño y después, del departamento. Puede ser que haya restos de sangre en el departamento, pero era porque movieron el cuerpo".

Lo que hace este testigo es plantar la idea de que la puerta estaba cerrada y que hubo que forzarla, aunque en las fotos de los peritajes se ve la puerta del baño entreabierta unos 40 centímetros. También dice que hay manchas de sangre en todo el departamento de Nisman, porque el cuerpo fue movido por los peritos. Por eso Fein impidió hacer pruebas de Luminol en todo el departamento.

20 de febrero

Comunicado de la Fiscalía 45

-Como ya se anticipó, en el día de ayer prestó declaración testimonial Natalia Fernández. La testigo del procedimiento que se realizó el día del hecho modificó su relato respecto de la información que fue divulgada a través de distintos medios de comunicación.

-En el día de hoy, la Fiscal Viviana Fein tomó declaración testimonial al licenciado en criminalística encargado del levantamiento de rastros en el departamento de Alberto Nisman. Asimismo, también declarará otro de los testigos que presenciaron el procedimiento en el Complejo Le Parc.

-En el día de hoy, un testigo del procedimiento informó a la Fiscal Fein que periodistas de un medio televisivo se presentaron en su domicilio particular y se comunicaron a su teléfono celular para realizar una entrevista, a lo que no accedió. Por tal motivo, se solicita a todos los medios que se respete la intimidad tanto de los testigos como de sus familias y que se recabe la información a través de los carriles oficiales".

Los puntos cumplidos de las amenazas a Nisman

Con el paso de la investigación, se conoció el contenido de las decenas de amenazas de a sus casillas de mail personales de Nisman.

En el programa de Mirtha Legrand, la Jueza Arroyo Salgado diría, con los ojos vidriosos y muy perturbada, que "esos mails tienen una cantidad de cosas que se fueron cumpliendo muchísimas, son siete pasos y se han cumplido casi todos. Incluyen esta cuestión, el desprestigio público y mediático de él, que iba a quedar afuera del Memorándum de la Argentina con Irán, que Stiuso iba a quedar afuera de la SIDE y que cuando eso ocurriera la vida de Nisman iba a correr peligro. Son unas amenazas horribles que han sido expuestas públicamente y me afectó mucho la publicación. Todo ese contexto de amenazas que estaban siendo investigadas eran de conocimiento de estas autoridades que tenían a su cargo velar por la seguridad". Detrás de cámara estaban Elazar y la hija mayor de Nisman.

12 de febrero de 2013

De: amiayembajada@hotmail.com

Para: aanisman@yahoo.com

Escuchanos bien, rusito descerebrado. Parece que no entendiste bien cómo cambió la mano. Vas a quedar colgado de un hilo fino que se corta en cualquier momento. Tu Gobierno ya negoció$ dejar de lado a la gloriosa República Islámica y a Hizb allah. Se terminó el apoyo a vos. Tenés que irte. Vos vas a aparecer en una zanja, reventado a balazos, y tus hijitas, ni te contamos. Y decile a tu ex que también vamos por ella, no sea cosa que una de las chiquitas sobreviva y tenga a la madre. Van a morir todos.

Ahora que les desapareció el apoyo, anda a pedirle a alguien que te cuide. Por más custodia que tengas, prepárate. Si no renunciás en 24 horas, mirá por dónde vas, porque no te queda mucho, judío hijo de mil putas. Viva Irán, viva Hizb allah, viva el Islam. Muerte al sionismo usurpador.

Una de las más extrañas la había recibido el correo electrónico del 911 de la Provincia de Buenos Aires.

De: jaimestiles@hushmail.com (Alias de Stiuso)

El precio por la cabeza del juez Alberto Nisman es de 300 mil dólares estadounidenses.

Otra sería enviada con un falso remitente de Iván Velázquez, un ex agente de la SIDE peleado con Stiuso, investigado por Arroyo Salgado y exiliado en Uruguay.

De:ivanvelazquez@hushmail.com

Para: aanisman@yahoo.com

Mi Querido Pajarito

Mi querido pajarito, nos volvemos a contactar después de algún tiempo. Te lo advertimos y no nos hiciste caso. NO PARASTE los procesamientos nuestros en la causa de los mails pese a que podías incidir sobre tu ex mujer (te diste cuenta que Sandra sigue adelante con todo no???). Vamos a cumplir nuestra promesa de matarte a vos y a tu familia, pero antes vamos a hacerte mierda pública y mediáticamente. YA logramos que te apartaran de la negociación de la Causa AMIA y también logramos que Argentina arregle con Irán sin tu participación, pero eso no es todo pajarito. Estás a punto de quedarte sin tu principal sostén en esa causa, ya que nos llevamos puesto a tu querido Jaimito. Con lo cual imaginate cuánto durás hasta que la Procuradora te saque de esa causa a vos y a toda tu unidad fiscal.

Gil!!! Jaimito Stiuso se está poniendo viejo y esta vez lo embocamos en su propia salsa, hablando por teléfono. Viste que no se nos escapa nada, ya vas a ver cómo lo cocinamos en la causa 103.458 con el Fiscal Campagnoli.

Evidentemente perdieron el toque y se les fue la mano con Severo. Pajarito, sería bueno que leas esa causa para que la veas y aprendas cómo le armamos la prueba a Jaimito de la mismo forma que lo vamos a hacer con vos y tu ex mujercita.

Chau pajarito, fijate como este tema lo seguimos hasta el final.

PD: Cuando rajen a Stiuso y se quede sin protección, vamos a ir por él y por toda su familia también!!!

El Juzgado de la SIDE

El Juzgado Federal 1 de San Isidro tenía a su cargo toda la zona acaudalada y de barrios cerrados al norte de la Ciudad de Buenos Aires. Allí vivían las personas más poderosas y ricas del país.

Sandra Arroyo Salgado fue designada Jueza por el ex Presidente Néstor Kirchner, a través del decreto 713/2006. La historia extraoficial señala que llegó al cargo gracias al lobby de Nisman y de Stiuso, quienes pusieron todo su poder político para que la Comisión de Acuerdos del Congreso la califique por encima de sus contrincantes, que estaban mucho más preparados. Será la mano de la Justicia del kirchnerismo y, sobre todo, de Stiuso.

Arroyo Salgado había sido, durante los 90, asesora del senador menemista Jorge Yoma, familiar del Secretario de Cancillería que había logrado el acuerdo nuclear con Irán.

Una vez con el control, la mujer de Nisman puso el Juzgado a disposición para atacar a los enemigos de Stiuso y el kirchnerismo. Una de su causas más mediáticas fue la de los hackeos ilegales a la Presidente, su esposo y ministros de su Gabinete entre 2006 y 2008, iniciada contra el ex Jefe de la SIDE Juan Bautista Tata Yofre, el ex espía de la SIDE y ex Jefe de Cotrainteligencia de la Policía Aeroportuaria Iván Velázquez, el ex espía y ex Sub Director de la Policía Portuaria, Pablo Alfredo Carpintero, el ex General Daniel Reimundes, el titular de una página web Héctor Alderete y los periodistas Carlos Pagni y Roberto Ángel García.

La operación para interceptar mails y conversaciones de telefónicas de la SIDE dentro del país se había iniciado en la década de los 90, con el fin de que no se produzca un nuevo atentado como el de la AMIA. Por supuesto, el programa se deformó y retorció dependiendo del poder de turno, pasando de investigar posibles terroristas a organizaciones sociales, para luego espiar a cualquier persona considerada importante.

Arroyo Salgado también tuvo a su cargo el caso de los hijos adoptivos de la dueña del Grupo Clarín, Ernestina Herrera de Noble, enfrentada a muerte con el kirchnerismo luego de la crisis del campo argentino. El Gobierno acusaba a la dueña de Clarín de haberse apropiado ilegalmente de dos hijos de desaparecidos durante la dictadura militar. Marcela y Felipe Noble Herrera fueron obligados a desnudarse para tomar muestras de ADN.

La ex mujer de Nisman conoció a su nueva pareja, Guillermo Elazar, cuando estaba a punto de ser imputado en una causa en su Juzgado. Pero llego el amor y la protección legal.

La muerte de Nisman puso a Arroyo Salgado entre la espada y la pared. De un lado, el kirchnerismo y el suicidio. Del otro, sus hijas y el homicidio. La decisión no fue difícil.

Guillermo Elazar y la marca en la frente de Nisman

El viernes 30 de enero, Sandra Arroyo Salgado presenta una denuncia por una sospechosa marca en el medio de la frente de Nisman, en una foto interior de la edición de la revista Noticias de la semana en que el Fiscal presentó la denuncia contra la Presidente Cristina Fernández de Kirchner. Según su relato, recibió la imagen estando en Europa, por WhatsApp, el 16 de enero a las 15.08, un día antes que Nisman sea asesinado. Quien se la envió fue Guillermo Elazar, su actual pareja.

La Justicia comprobó que el punto había sido realizado luego de la impresión. Elazar tuvo que explicar de dónde había sacado la revista. Dijo que el canillita había olvidado entregarle ese día el ejemplar y que fue a buscarlo personalmente. Era la tercera de un paquete del puesto de diarios del barrio. Luego fue con la revista hasta el Club Ciudad de Buenos Aires y en el bar, un amigo, Sebastián Bernik, la tomó prestada por un rato, para dejársela al dueño del bar, que luego se la devolvió. La llevó a su casa y allí vio el enigmático punto en la cabeza.

Mi fuente estaba sentada contra el vidrio, mirando con una risa a una chica de menos de 20 años que esperaba impaciente un taxi. Hacía cada vez más calor en Buenos Aires.

-Qué raro lo del punto en la frente -le dije, mientras apoyaba mi anotador en la mesa y levantaba una lapicera que se me había caido.

-Elazar y Arroyo Salgado planificaron la maniobra del punto en la frente en la revista para pasar el caso a la Justicia Federal de San Isidro, el Juez Luis Rodríguez, muy amigo de ella, ya que con él se habían acentado otras amenazas de muerte contra Nisman. No les salió bien ¿No? – me dice mientras tiene una

259

desigual pelea contra un camarón sin pelar.

-Y parece que no. ¿Elazar es agente de la SIDE?

-No, pero andaba en financiamientos raros. Averigua.

Tenía razón.

Cinco empresas a nombre de Elazar: Barra Norte, Mercado Fútbol, Barra Mercado Arco y Cara, Palermo Fútbol.

Cinco firmas del mismo contador de Stiuso y la seguridad de Le Parc, Julio César Giménez.

El informe de la querella

5 de marzo. El nuevo tren chino que tomé para ir a la conferencia de prensa de la ex mujer de Nisman en San Isidro era mucho más amistoso para los usuarios que los viejos Toshiba japoneses, que ya no daban para más. Hasta la gente parecía diferente. Estaba de tan buen humor que le di diez pesos a un hombre bastante mayor que tocaba temas de Piazzolla con un bandoneón casi destartalado. Recuerdo como las partes del forro se desquebrajaban mientras el tango fluía en el vagón y despertaba a la mayoría, que quería tomar una breve siesta entre el trabajo y sus casas. La esperada presentación se realizaba en el Teatro Municipal del viejo Concejo Deliberante de San Isidro, un edificio colonial a cinco cuadras de la estación de trenes.

Ante un auditorio lleno de periodistas, se presentaron los peritos de parte: los forense Osvaldo Raffo y Claudio Rívoli y el criminalista Daniel Salcedo, ex jefe de la Policía Bonaerense. Arroyo Salgado tomó la palabra y leyó 12 puntos que habían dejado su investigación:

Natalio Alberto Nisman falleció como consecuencia de una dislaceración y hemorragia meningo-encefálica producida por un proyectil de arma de fuego en cráneo y cerebro, seguida de copiosa hemorragia externa provocando que los órganos estuvieran exangües.

La pistola Bersa modelo 62 calibre 22 LR NRO. 35099 presenta signos de haber sido disparada, fue apta para el disparo y la pericia comparativa realizada indica irrefutablemente que fue el arma utilizada en el hecho.

Las pericias de Microscopía Electrónica de Barrido, a los efectos de determinar la presencia de partículas fusionadas "características" de residuos de disparo (bario, antimonio y plomo) realizadas tanto en la sede de Policía Científica de la Policía de la Provincia de Buenos Aires así como en el Cuerpo de Investigaciones Fiscales del Ministerio Público de Salta, dieron para con las muestras obtenidas de las manos de Natalio Alberto Nisman, conforme a protocolo de la Policía Federal Argentina, resultado negativo

La pericia Toxicológica demostró la presencia de metabolitos de benzodiacepina en cantidades no determinables (de uso habitual de la víctima), cafeína en cantidades no determinables y alcohol en contenido gástrico compatible con una mínima ingesta de bebida alcohólica o con la fermentación natural de alimentos ingeridos. No se demostró la presencia de alcohol en pool de vísceras, sangre u orina.

No existió espasmo cadavérico, hubo agonía. Se afirmó en la autopsia oficial que el cadáver de Nisman presentaba el signo del espasmo cadavérico en la mano derecha, lo que induciría a pensar en la forma suicida de la muerte. Sin embargo, podemos afirmar con certeza que ese signo no existió, el mecanismo de producción de este signo postmortal es de rara frecuencia. De hecho, el doctor Raffo, que ha participado en 20.000 autopsias, ha visto ese fenómeno en dos oportunidades, y el Dr. Ravioli en sólo una. La agonía es incompatible con la aparición de este signo y Nisman tuvo agonía. Agonía que estuvo objetivamente demostrada por la copiosa hemorragia externa que se aprecia en la iconografía y la videofilmación. No puede haber espasmo cadavérico si hubo agonía y la agonía está demostrada por el importante torrente de hemorragia presente en la escena en que fue hallado el cuerpo sin vida del Dr. Nisman

La posición en que fue encontrado el cuerpo no fue la final, ha sido movido.

El cuerpo se hallaba exangüe y laxo al momento del inicio de la autopsia.

El cronotanatodiagnóstico, es decir, la data de muerte es de 36 horas (+/- 4 horas) antes del inicio de la Operación de Autopsia, realizada entre las 8 y las 10 del día lunes 19 de enero de 2015.

La determinación de Potasio en humor vítreo está acorde con el intervalo posmortal que hemos señalado.

El orificio de entrada está ubicado en la zona témporo-parietal derecha a tres centímetros (por encima) de la inserción superior del pabellón auricular. El proyectil al atravesar los tejidos se fragmentó y deformó por su condición de "hollow point", generando una cavitación temporaria y definitiva (ilustrada en nuestro informe) dirigiéndose hacia la zona fronto-temporal izquierda de donde se extrajo de la masa encefálica. La distancia de disparo fue de no más allá de 1 centímetro. La trayectoria del proyectil disparado por arma de fuego fue: de derecha a izquierda, de abajo hacia arriba y de atrás hacia adelante (tal y como demuestran las pericias complementarias realizadas por la Morgue).

El proyectil liberó energía cinética suficiente como para generar múltiples fracturas del cráneo.

El análisis del lugar del hecho, así como de las evidencias físicas del escenario de esta Muerte Violenta, descartan la posibilidad que el hecho sea accidental. Por los mismos motivos expuestos se descarta la probabilidad de la hipótesis en modalidad Suicida.

6 de marzo
Página 12

Arroyo Salgado quiere cambiar el foco, por Ailín Bullentini

El informe y sus autores

Los responsables del informe fueron los médicos legistas Osvaldo Raffo y Julio Ravioli y el criminalista Daniel Salcedo. El documento tiene 100 páginas y un mes de análisis técnico y científico de la documentación presente en el expediente y aportada por al instrucción que dirige Fein.

Básicamente, los peritos trabajaron con fotos y video de la autopsia y con los estudios complementarios realizados al cuerpo de Nisman en la morgue, con imágenes obtenidas de la casa del Fiscal, del baño en donde fue encontrado muerto, obtenidas por la Prefectura y la Policía Federal; y con las actuaciones de las dos inspecciones oculares del lugar del hecho que se llevaron a cabo el 20 de enero de 2015 y el 13 de febrero, la última pedida por la querella.

La querella desistió de realizar una nueva autopsia. Arroyo Salgado explicó al respecto que las consultas que realizó a "profesionales" la convencieron de esa decisión. Pero criticó a la Fiscalía por no haber permitido la participación de la parte en el procedimiento que se llevó a cabo la mañana siguiente al hallazgo del cuerpo en el baño del departamento de la Torre Le Parc. Este punto abona la teoría de que la intención de Arroyo Salgado es llevar la investigación al fuero federal. Desde su entorno, de momento, descartaron este punto. Por ahora, pedirán en que los encargados del informe presentado ayer sean llamados a prestar testimonio.

"No se hizo saber a los familiares que tenían el derecho a participar de la autopsia con la intervención de peritos de parte, lo cual hubiera contribuido a enriquecer el proceso pericial en miras a la búsqueda de la verdad", afirmó Arroyo Salgado. Se quejó de que ni los llamados telefónicos a funcionarios del poder Ejecutivo, ni los pedidos que por escrito hizo tanto en el juzgado como en la fiscalía, hayan sido atendidos. Fein contestó a este punto: "La doctora Arroyo Salgado hizo una presentación formal en el marco de mi causa a las 10.15 de la mañana el día 19 de enero, cuando la autopsia había finalizado a las 10.00 de la mañana de ese día", apuntó. Para Arroyo Salgado, "la falta de participación de peritos de parte en la autopsia derivó en que conclusiones parciales, precipitadas y equívocas hayan sido funcionales a la intención del o de los homicidas, contribuyendo a su impunidad o retardándola en el mejor de los casos".

Los indicios

"La muerte violenta solo admite tres hipótesis: accidente, suicidio u homicidio. El informe que hoy presentamos en la causa y cuyas conclusiones aquí les vengo a comunicar descarta con contundencia las dos primeras hipótesis, es decir, el suicidio y el accidente quedan de plano descartados", remarcó en la exposición.

Entre los ítems que leyó la jueza, tres sobresalen del resto:

- Que el cuerpo de Nisman fue movido adentro del baño, es decir que la posición en la que fue encontrado no fue la de su muerte.

- Que en su mano no hay indicios de espasmo cadavérico, un signo de suicidio.

- Que murió a la noche del sábado 18, varias horas antes de que fuera encontrado sin vida.

No obstante, no hubo explicaciones pormenorizadas de los puntos que hacen llegar a la conclusión del homicidio como una explicación indiscutible. Esas inferencias estarían en las casi 100 páginas que integran el informe de los profesionales que desarrollaron la pericia de parte, pero no fueron difundidas.

El peritaje de la querella coincidió con el oficial en el arma utilizada, en el barrido electrónico de la mano de Nisman y en las sustancias que había en su cuerpo al momento de morir.

Nisman falleció de una "dilaceración y hemorragia" que le produjo el impacto de una bala en su cráneo y su cerebro, dice el informe.

- La pistola Bersa, modelo 62, calibre 22 "fue el arma usada en el hecho"; el barrido electrónico en busca de pólvora dio negativo y las sustancias en su cuerpo no llaman la atención. Densoduazepina y cafeína en cantidades "no determinables" y alcohol en contenido gástrico "compatible con una mínima ingesta de bebida alcohólica o con la fermentación natural de alimentos ingeridos", mencionan los peritos de parte.

La coincidencia con el perito oficial: el fiscal estaba plenamente consciente al momento de morir.

Coincidieron también en la cuestión balística. ¿Por dónde entró la bala? A unos tres centímetros por encima del oído derecho, desde una distancia de no más de un centímetro, de abajo hacia arriba y de atrás hacia adelante "tal y como lo demuestran las pericias complementarias realizadas por la morgue". La bala, por la energía cinética liberada, fracturó múltiplemente el cráneo.

- Las diferencias con el análisis de la instrucción son tres: el espasmo cadavérico, la hora de la muerte y la posición del cuerpo. En cuanto al primer punto, los peritos concluyeron que "no existió" espasmo cadavérico "porque hubo agonía". En sus palabras, la Jueza apuntó el espasmo es un "signo postmortal de rara frecuencia" y que "la agonía está demostrada con el importante torrente de hemorragia presente en la escena en que fue hallado el cuerpo sin vida de Nisman". En el informe oficial de la causa, se indica la presencia de ese signo en la mano del fiscal.

"El cuerpo ha sido movido", aseguró sin dar más detalles el informe. Los signos sobre los que se habrían basado los peritos para determinar tal cuestión serían manchas en el baño en donde fue hallado Nisman sin vida, según trascendió. "La posición en que fue encontrado el cuerpo no fue la final, es decir, no fue la que tenía al momento de la muerte", añadió la jueza.

Dos peritos consultados por Página/12 señalaron que los datos aportados hasta ahora por el informe de la querella no son concluyentes. El criminólogo Luis Olavarría explicó que es cierto que la agonía excluye el espasmo cadavérico, pero ésta no es en sí evidencia de homicidio, ya que hay muchos suicidios con agonía. El forense Juan José Fenoglio señaló que es usual que la misma realización del estudio pericial el cuerpo sea movido y que si estaba trabando la puerta, debe haberse desplazado para ingresar al baño. Ambos coincidieron en que la trayectoria de la bala no es concluyente y que lo que se debe analizar es si es "factible".

Porque el cuerpo se hallaba "exangüe (desangrado) y laxo" al momento del inicio de la autopsia y por la "determinación de potasio en humor vítreo (uno de los líquidos que integran el ojo humano)", los peritos de Arroyo Salgado consideraron que Nisman falleció "36 + cuatro horas contadas a partir del inicio de la operación de la autopsia", la que sucedió el lunes 19 de enero pasado, entre las 8 y las 10 de la mañana. Si bien aún no se conocieron resultados de las pericias telefónicas a los aparatos con los que Nisman se comunicaba, trascendió que sus últimas comunicaciones fueron el sábado 17 a la noche, con su hermana y su tía.

Si los investigadores se inclinaran por la idea del asesinato, deberían sortear también el hecho de que el disparo se produjo a menos de un centímetro, con una pistola que el fiscal pidió prestada y que no hay en el baño ni en su cuerpo signos de lucha o resistencia. Los colaboradores de Arroyo Salgado parecen sugerir que a Nisman lo habrían llevado amenazado al baño y allí le habrían disparado. Lo que agrega "terceras personas" en la escena, hasta ahora descartadas en el expediente. También señalan que el pedido del arma es la versión del empleado de la fiscalía Diego Lagomarsino. Aunque también uno de sus custodios declaró que le pidió un revolver para "defenderse".

Ayer, Arroyo Salgado mencionó que la querella aportará un informe "de secuencias fácticas con animación computada" que "consiste en una recreación fundada de los hechos elaborada a partir de las evidencias detectadas o encontradas en el lugar". Ese será el momento de confrontarlo con las evidencias del expediente.

El punto 12

En la presentación, Arroyo Salgado omitió comunicar el punto 12 de las conclusiones, donde se contaba cómo había recibido Nisman el disparo. En un principio, el Punto 12 era sólo un rumor. Por eso se le preguntó a la Fiscal Fein sobre la existencia de esta parte oculta del informe. Fein salió a desmentirlo el jueves 12 de marzo a primera hora de la mañana. Dijo: "No tengo ningún punto 12. No hay. No existe. Es lo único que puedo decir. No sé a qué se refieren con el punto 12. De mecánica no se está hablando. De cómo lo mataron no hay nada. El punto 12 no existe, no hay nada, sobre el contenido no puedo hablar hasta tanto se reúnan los peritos de parte y los peritos oficiales".

No era la primera ni la última vez que la Fiscal del caso mentía.

Al mediodía, Arroyo Salgado le pidió que "no mienta" y que explique que decía el Punto 12 del informe de la querella. "Por respeto al trabajo y a las horas que los especialistas le han dedicado a esto me veo en la obligación de aclarar esto, porque se está faltando a la verdad. No quiero polemizar con la señora Fiscal, pero quiero aclarar para que no se le mienta más a la gente: las conclusiones finales del informe, que están en las páginas 90, 91 y 92, están enumeradas del punto 1 al punto 13. En el punto 12 en las conclusiones que se dieron a la prensa se pusieron puntos suspensivos, pero su contenido sí está en el expediente. Tengo el sello de recibido", puntualizó.

Fein respondió que fue la propia ex mujer de Nisman quien pidió "expresamente en la Fiscalía la confidencialidad de este informe y del contenido. Ella presentó (el informe) con puntos suspensivos y dijo que era prolijo y prudente de mi parte no manifestar su existencia".

En sí, el Punto 12 decía:

-Al momento de recibir el disparo la víctima debió haber estado en posición rodilla a tierra. Esta altura, además, coincide con las manchas de sangre observadas en la escena y, en particular, la que se hallaba sobre la mesada del baño. De haber estado la víctima en bipedestación al caer (y por el proceso de agonía que demuestra el análisis médico legal) debería presentar alguna lesión contusa además del disparo, en alguna zona como la espalda, la cabeza o alguno de sus miembros. Estos signos patognomónicos no están".

La posición de rodilla al piso, similar a la de un boxeador noqueado. ¿Qué había noqueado a Nisman? La ropa de cama, la cama abierta pero no desordenada, los ansiolíticos y la comida no digerida en el estómago nos indican que lo que sea que pasó, sucedió antes de que Nisman se vaya a acostar.

Tal vez, cuando se estaba preparando para ir a dormir. Quienes conocían al Fiscal señalan su aseo personal. En las fotos de las pericias se ve un vaso sucio que era utilizado por Nisman para enjuagarse la boca después del cepillado. Tal vez, Nisman fue sorprendido mientras se higienizaba, de frente al espejo. Algún tipo de sustancia o golpe lo pudo haber noqueado y, en estado de pérdida del equilibrio, con la rodilla al piso y falta de control del cuerpo, su asesino pudo haber entrado, tomado su mano y hecho la detonación con la pistola de Lagomarsino. El cuerpo fue acomodado, aunque el asesinato no fue perfecto y dejó rastros en toda la escena del crimen. La silueta de la mano del agresor quedó impresa en la mano derecha de Nisman, con las gotas de sangre que salieron de su cabeza. La caída del cuerpo y su posterior movimiento, visibles en el rastro de sangre del codo derecho y de la remera que absorbió sangre en un lugar del piso donde no la había. El desprendimiento del cargador de la pistola 22 que quedó del lado izquierdo, debajo del cuerpo. Rastros que serían minimizados o destruidos en la investigación judicial.

Perito para el suicidio, se busca

La Fiscal Viviana Fein se aferraba a la teoría del suicidio. Escuchó por radio a Enrique Prueger, un perito que decía ser experto en trigonometría de disparo y que afirmaba que Nisman se había suicidado cuando estaba borracho: "Estaba embriagado. Borracho, en criollo. Tenía 1,73 gramos de alcohol en sangre. Entre 1,5 y 2,5 pasa a ser un grado severo". La noticia de que Nisman tenía 1,73 gramos de alcohol en sangre había sido dada por el canal oficialista C5N y fue desmentida 48 horas después. Nisman tenía 1,73 gramos de alcohol en su estómago y no en su sangre, cantidad que hay en un dedal de whisky o que puede quedar luego de un buche de enjuague bucal.

"Con todos los elementos que declaró la Fiscal, estaríamos en presencia de un suicidio. Nadie se suicida con el arma de un amigo. Desde el punto de vista criminológico, todos los suicidas dejan en claro que la acción material de su muerte les es propia, y nadie se suicida con el arma de un amigo porque lo perjudica. Nisman nos deja un mensaje implícito en su muerte. No he escuchado todavía, por parte de los expertos propuestos por la jueza Arroyo Salgado, que hayan aplicado la única técnica posible es el estudio de la proyección de las manchas de sangre, estudio trigonométrico muy precisos, y los únicos que lo hacemos somos nosotros en la Argentina, el instituto que dirijo", señalaba Prueger en otra entrevista.

Con respecto a la posición de disparo de Nisman y al punto 12, Prueger explicaba: "Para determinar si había una rodilla en tierra, la posición que tenía la víctima, hay que analizar el lugar, la víctima y las prendas. De las conclusiones se desprende que lo único que han analizado es la víctima y el lugar. y para hacer el estudio de las proyecciones de mancha de sangre hay que ir por lo menos dos veces al lugar. A veces en la Argentina creen que el cadáver es una bola de cristal y el cadáver en la escena del hecho es un elemento más".

También criticó a los peritos de parte de la querella: "El equipo de Raffo cometió dos errores graves: entrar sin equipo de asepsia al lugar y, en cambio, entrar de traje como si fuera una audiencia oral. Los principales contaminadores también eran ellos ahí. Y, además, utilizaron luminol, que no se usa más desde el año 2005 porque afecta la prueba de ADN". Es graciosa la parte que dice que los peritos de parte entraron con traje, ya que la Fiscal Viviana Fein entró en sandalias a la escena del crimen y al baño, horas después de la muerte de Nisman y dejó su huella en una mancha de sangre.

Viviana Fein vio la oportunidad y llamó a Prueger para que sea parte del equipo de peritos oficiales que deberían deliberar en la Junta Médica. Luego de varios días de discusión, Arroyo Salgado denunció al perito por "irregularidades en su designación" y por "prejuzgamiento". La Jueza Fabiana Palmaghini no tuvo otra opción que apartarlo del caso.

Festival de teorías de pro iraníes

Los operativos de desgaste contra la imagen pública de Nisman fueron cada vez más fuertes y según qué teoría disparatada recalaba más en los medios, los periodistas afines al Gobierno continuaba con esa línea hasta el cansancio. La teoría del suicidio nunca llegó a ser aceptada por el grueso de la sociedad, pero el kirchnerismo contaba, repetía y arengaba la historia para su núcleo duro político.

Una de las hipótesis más insólitas provino de un ex Diputado nacional que había viajado varias veces a Irán. Mario Cafiero presentó un escrito ante la Fiscal Viviana Fein afirmando que Nisman se había suicidado con las dos manos sobre la pistola Bersa 22, para tratar de explicar la mancha de sangre en forma de V que quedó en la mano del asesinado Fiscal. Lamentablemente para la teoría de Cafiero, la mano izquierda de Nisman no tenía restos de pólvora.

Cafiero hizo una decena de viajes a Irán durante la última década, que estaban organizados por Yussef Khalil, y en ellos mostró su apoyo al presidente Ahmadinejad. En un video grabado dentro de una mezquita de Teherán en 2007, afirmó que "Irán era el segundo país cliente de la Argentina después de la URSS en los 70. Ellos quieren restablecer las relaciones comerciales, políticas y diplomáticas".

A continuación, el escrito que presentó Cafiero en la causa por la muerte de Nisman:

Aporta elementos que entiende concluyentes en relación a los móviles y modo del suicido del fiscal Alberto Nisman.

Sra Fiscal de la Fiscalía lo Criminal de Instrucción N°45:

Mario Alejandro Hilario Cafiero, por derecho propio, se presenta ante SS a los efectos de acercar información que pueden contribuir al esclarecimiento de la muerte del Fiscal Alberto Nisman, que ha conmovido a la opinión pública y que tiene profundas consecuencias para las personas involucradas y para toda la sociedad.

Síntesis del Informe:

Así como existe una "escena del crimen" que permite a los peritos desentrañar las causas concretas de la muerte de la víctima, existe una "escena política del crimen", que en este particular caso es inexcusable abordar para lograr el esclarecimiento del hecho. Yendo al nudo de la cuestión de la "escena política" o geopolítica, no cabe ninguna duda que el caso Nisman no puede desvincularse del álgido y cambiante conflicto que enfrenta a tres países: EEUU, Israel e Irán. No puede desvincularse tampoco de la particular coyuntura que enfrentó este conflicto en los últimos meses con las negociaciones del acuerdo nuclear entre las principales potencias mundiales e Irán. Acuerdo que es duramente cuestionado por Israel, que no escatimó, ni escatima, esfuerzos para que el mismo naufrague. Como prueba evidente de lo que decimos, basta leer el discurso del premier israelí Netanyahu en el Congreso norteamericano, el 3 de marzo pasado. Allí acusa a Irán de ser un Estado terrorista, señalando como principal antecedente fuera de Medio Oriente el atentado en la Argentina contra la AMIA y la embajada israelí. En ese escenario de conflicto internacional es donde estaba involucrado el accionar del Fiscal Nisman. Y queremos decirlo con todas las letras, a nuestro entender la tarea del Fiscal Nisman, era y fue, funcional al interés del Estado israelí. Es que no cabe otra conclusión cuando se acusa a toda la plana mayor del gobierno de Irán al momento del atentado a la AMIA (incluyendo entre otros al actual Presidente iraní Hasán Rouhaní) en base a dudosas acusaciones con pruebas provistas por agencias de terceros Estados involucrados en el conflicto, como la CIA y el Mossad. Por ello, la denuncia del Fiscal Nisman por encubrimiento al gobierno nacional y su dictamen para llevar el caso AMIA ante el Consejo de Seguridad de las Naciones Unidas (encontrados en la caja de seguridad de la fiscalía) deben analizarse como parte de la ofensiva diplomática israelí contra el acuerdo nuclear, que necesitaba que estallara un escándalo internacional para bloquear el acuerdo. A nuestro entender esta relación entre lo que sucedía localmente e internacionalmente debe profundizarse con investigaciones que apunten a develar que tipo de vinculaciones mantenía Nisman con terceros Estados. Con este juego delicado, peligroso y traumático para la psiquis de cualquier persona, lidiaba Nisman. Un juego donde los errores de cálculo y las traiciones pueden ser fatales. El propio Nisman declaró que se sorprendió de las repercusiones de su denuncia. Una denuncia que ha quedado demostrado era muy endeble. Y con errores garrafales, como señalar como nexo con la SI a una persona que había sido denunciada por la propia SI. Luego cayó la desmentida del ex titular de Interpol, la tibieza del apoyo a la denuncia de las entidades judías locales, la no habilitación de la feria judicial, etc., que fueron serios fiascos que salieron a la luz, y sin duda conformaron en Nisman un cóctel de angustia y trastorno difícil de manejar. Todo este conflicto político donde estaba involucrado Nisman obviamente continúa en el plano de la investigación judicial de su muerte. De ninguna manera es lo mismo que se haya tratado de un suicidio o de un homicidio. Son muchos los intereses en juego. Son muchas las trabas y operaciones mediáticas fuera de Medio Oriente el atentado en la Argentina contra la AMIA y la embajada israelí. En ese escenario de conflicto internacional es donde estaba involucrado el accionar del Fiscal Nisman. Y queremos decirlo con todas las letras, a nuestro entender la tarea del Fiscal Nisman, era y fue, funcional al interés del Estado israelí. Es que no cabe otra conclusión cuando se acusa a toda la plana mayor del gobierno de Irán al momento del atentado a la AMIA (incluyendo entre otros al actual presidente iraní Hasán Rouhaní) en base a dudosas acusaciones con pruebas provistas por agencias de terceros Estados involucrados en el conflicto, como la CIA y el Mossad. Por ello, la denuncia del Fiscal Nisman por encubrimiento al gobierno nacional y su dictamen para llevar el caso AMIA ante el Consejo de Seguridad de las Naciones Unidas (encontrados en la caja de seguridad de la fiscalía) deben analizarse como parte de la ofensiva diplomática israelí contra el acuerdo nuclear, que necesitaba que estallara un escándalo internacional para bloquear el acuerdo. A nuestro entender esta relación entre lo que sucedía localmente e internacionalmente debe profundizarse con investigaciones que apunten a develar que tipo de vinculaciones mantenía Nisman con terceros Estados. Con este juego delicado, peligroso y traumático para la psiquis de cualquier persona, lidiaba Nisman. Un juego donde los errores de cálculo y las traiciones pueden ser fatales. El propio Nisman declaró que se sorprendió de las repercusiones de su denuncia. Una denuncia que ha quedado demostrado era muy endeble. Y con errores garrafales, como señalar como nexo con la SI a una persona que había sido denunciada por la propia SI. Luego cayó la desmentida del ex titular de Interpol, la tibieza del apoyo a la denuncia de las entidades judías locales, la no habilitación de la feria judicial, etc., que fueron serios fiascos que salieron a la luz, y sin duda conformaron en Nisman un cóctel de angustia y trastorno difícil de manejar. Todo este conflicto político donde estaba involucrado Nisman obviamente continúa en el plano de la investigación judicial de su muerte. De ninguna manera es lo mismo que se haya tratado de un suicidio o de un homicidio. Son muchos los intereses en juego. Son muchas las trabas y operaciones mediáticas que se están oponiendo al accionar de los funcionarios judiciales que llevan adelante el caso y al avance de la verdad. Pero la única verdad es la realidad. Y la realidad, respecto a si Nisman se suicidó o lo mataron, se ha filtrado con las fotos de la noche que apareció muerto. En lo que entiendo es un aporte sustantivo a la investigación, que obviamente deberá ser determinado por las correspondientes pericias técnicas, el informe de Llorens adelanta una explicación a algunas cuestiones claves que no han tenido respuesta: la forma en que quedaron los brazos tendidos del cuerpo de Nisman, la ausencia de rastros de pólvora, y las curiosas manchas de sangre que había en sus dos manos. La respuesta a todos estos interrogantes planteados por los peritos de la querellante Arroyo Salgado, lo da la forma en que Nisman apoyó la pistola en su cabeza: tomándola con las dos manos. Esta reconstrucción simple del hecho, que se encuentra ampliada en el informe de Llorens, donde también se ponen de manifiesto las incongruencias incurridas en el informe de la querella, da por tierra otras interpretaciones que caían hasta en absurdas situaciones, de que habría existido un suicidio asistido. Finalmente SS, quedamos a entera disposición del tribunal, reiterando que nuestro único interés es que se conozca la verdad real del hecho, que ha sido enormemente tergiversado por poderosas operaciones mediáticas. Aunque esta verdad nos cree temor, al tener conciencia de los enormes poderes e intereses a los que nos enfrenta.

13 a 2

La Junta Médica terminó el trabajo de darle un marco teórico a la hipótesis de suicidio. Roberto Godoy, Decano del cuerpo de médicos de la Corte, fue el presidente de la Junta Médica. Los peritos oficiales encargados de la tarea fueron Adriana D'Addario, María Preibisch, Celminia Guzmán, Carlos Navari, Fernando Trezza, Oscar Lossetti, Héctor Di Salvo, Jorge Pereyra, Alfredo García, Horacio Sapag y Nora Perosio. Por parte de la querella fueron designados Osvaldo Raffo y Julio Ravioli, mientras que la defensa de Lagomarsino tenía a Mariano Castex.

Las reuniones comenzaron el 27 de abril. Increíblemente, los peritos oficiales dijeron que todavía no habían visto el material fotográfico de la escena del crimen y fílmico de la autopsia, por lo que se perdió una semana para que los expertos vean las 1400 imágenes y la hora y media de autopsia, que sospechosamente fue grabada sin sonido. Esta fue una de las principales quejas de los peritos querellantes Raffo y Ravioli, que decidieron abandonar la Junta hasta el momento que se comiencen a hacer las conclusiones finales.

Luego de casi un mes de estiramiento, el 20 de mayo, los peritos presentaron dos informes, con más de 200 páginas: uno avalando en mayoría el suicidio y el otro de la querella, donde confirmaba el homicidio. El equipo de Arroyo Salgado dijo que Nisman murió 36 horas antes de la pericia, mientras que los oficiales y el perito de Lagomarsino dijeron que fue 12 horas, que alejan al técnico informático del horario de muerte. 24 horas de diferencia.

La mayoría se basó en la rigidez cadavérica con falta de movilidad de los dedos de las manos y la mandíbula.

Para Julio Rivoli había putrefacción, mientras que para el resto de los especialistas no había signos.

Los defensores de Lagomarsino sumarán un ingreso a la computadora de Nisman el domingo a la mañana para confirmar ese horario. Ingresaron a la casilla4 de mail aanisman@yahoo.com, donde había recibido las amenazas, a tres diarios online y al buscador de Google. Sin embargo, es imposible saber si quien ingresó a la máquina fue Nisman u otra persona.

También hubo una discusión sobre el contenido del estómago de Nisman. Para los oficiales eran frutas, una comida liviana, mientras que para Rivoli eran ñoquis de la cena.

El cuerpo de Nisman presentaba dos golpes, uno en la nuca, que podría haberlo dejado inconsciente, y otro en la parte posterior de una pierna, inexplicable por la forma de la caída del cuerpo. ¿Fueron dados antes o después del disparo? Para la mayoría, los golpes advertidos en el cuerpo del fiscal durante el análisis de la junta no fueron provocados por un elemento contundente, lo que descartaría la posibilidad de que otra persona lo hubiera agredido en la cabeza y en la pierna.

La mayoría señaló que Nisman se disparó de pie, frente al espejo y que no hay indicios de que se haya tratado de un homicidio.

Para la querella, la mancha de sangre que quedó en la bacha del baño marca que estaba arrodillado. Para los oficiales, esta sangre pudo haber salido de la boca del Fiscal.

Todas las partes llegaron a la conclusión que no había espasmo cadavérico en la mano derecha, como había señalado Fein en los primeros días de la investigación.

También concordaron en que la muerte no fue instantánea y que hubo agonía. Se basaron en los órganos y los ojos de mapache. Una sobrevida de casi 10 minutos, ¿Nisman se pudo haber movido de manera voluntaria o por actos reflejos? ¿O lo movió su asesino?

Castex, el perito de Lagomarsino, dirá días después: "No descartamos las hipótesis del homicidio, pero decimos que no podemos probarlo desde el punto de vista médico legal. No podemos excluir el homicidio. Este es un caso en el que no hay elementos que permitan descartar el homicidio, pero tampoco reafirmarlo. No nos da la prueba para eso".

Por incompetencia, ineptitud, torpeza o encubrimiento en las primeras horas de la investigación, el trabajo de la manada de búfalos, la Justicia no tiene resultados concluyentes en información básica, como es el horario de muerte o la posición de disparo. Nunca sabremos, científicamente, qué es lo que sucedió en el baño de Nisman.

21 de mayo de 2015

Comunicado Oficial de la Fiscalía 45

La Fiscal Viviana Fein informa los avances de la investigación por la muerte de Alberto Nisman.

Ayer, en horas de la tarde, llegó a la sede de la Fiscalía el informe de la Junta Médica compuesto por 203 folios, elaborado con alto rigor científico por el Cuerpo Médico Forense. Del texto se desprende que todos los interrogantes planteados por el Ministerio Público Fiscal no fueron respondidos por los peritos de la querella en el marco de la junta médica. Tampoco acercaron al decanato su informe previo al documento final para ser suscripto por todos los integrantes. Su postura debía quedar asentada en cada uno de los puntos.

El martes 12 de mayo, todas las partes fueron notificadas en tiempo y forma que debían concurrir al Cuerpo Médico Forense a la reunión prevista para el viernes 15 a las 8.30 para suscribir el informe final. Sin embargo, la parte querellante no se hizo presente en el horario fijado y entregó en sobre cerrado su propio informe a la Fiscalía.

El decano del CMF, Roberto Godoy, hizo alusión a tales circunstancias en forma pormenorizada y se dejó debida constancia en actas incorporadas a la causa. La Fiscal Viviana Fein comenzará a analizar el contenido de ambos informes a partir de hoy.

Por otra parte, los peritos informaron que esta semana retomaron las deliberaciones y que el informe criminalístico será entregado durante la primera semana de junio a la Fiscal.

La muerte de la denuncia del Fiscal Nisman

El 14 de enero, en plena feria judicial, el Fiscal Alberto Nisman había presentado ante el Juzgado Federal 4 de Ariel Lijo, la denuncia por encubrimiento contra la Presidenta Cristina Fernández de Kirchner, el Canciller Héctor Timerman, el Diputado Andrés Larroque, los dirigentes Luis D'Elía y Fernando Esteche; el dirigente islámico Jorge Yussef Khalil, el ex Juez Héctor Yrimia y Ramón Alan Bogado.

Una vez concluida la feria y con el Fiscal Nisman muerto, Ariel Lijo planteó que el nuevo encubrimiento no estaba conectado con su causa y la mandó a sorteo. El martes 3 de marzo, una vieja computadora determinó que el caso caería en el Juzgado Federal 3 del Juez Daniel Rafecas, quien se encontraba de vacaciones y estaba subrogado por el Juez Sebastián Ramos, quien, al día siguiente, decidió rechazar hacerse cargo del tema, ya que creía que Lijo era el indicado para seguirla.

"Concuerdo con el titular del Juzgado N°4 del fuero en torno a que, dado el embrionario estado de este expediente, no podría vincularse en principio directamente un expediente con el otro, por el hecho de que los imputados en una causa y en la otra serían, a priori, personas diferentes, en distintos momentos históricos en cuanto al trámite de la investigación principal, sin embargo, más allá de la comprobación o no mediante la prueba que se acumule, de esta nueva denuncia, se trataría de hechos delictivos tendientes a desviar la investigación de una de las causas de mayor trascendencia en el fuero. Esa sola circunstancia, impone, al menos a criterio del suscripto, que esta nueva pesquisa sea llevada adelante por el mismo Magistrado que ya conoce en el hecho anterior, por ser él quien ha tomado cabal conocimiento acerca de la totalidad del expediente principal, además de conocer en el proceso por el cual un grupo determinado de

287

personas habrían intentado –con su accionar- desviar el camino que llevaría a dar con los responsables del atentado a la AMIA", dijo el Presidente de la Cámara Nacional en lo Criminal y Correccional Federal (segunda instancia judicial en Argentina), Martín Irurzun, quien le devolvió el expediente a Ramos. "A juicio del suscripto la indicación efectuada por Ramos para sostener su postura, no satisface las exigencias mínimas requeridas para afirmar la conveniencia de que ambas pesquisas tramiten bajo la esfera de actuación de un mismo magistrado, máxime cuando a la fecha no se cuenta con el requerimiento fiscal de instrucción que delimite el objeto procesal y permita conocer la dirección de esta investigación. En tal sentido, corresponde señalar que no se agotaron las medidas necesarias tendientes a esclarecer los extremos requeridos por el código de forma en este estado de la investigación, por lo que el envío cuestionado resulta prematuro y sin perjuicio de que con el avance de la investigación pueda tener lugar un nuevo planteo, corresponde que continúe entendiendo en estas actuaciones el Juzgado Nacional en lo Criminal y Correccional Federal nro. 3", concluyó Irurzun.

Las 289 páginas de la denuncia de Nisman y las 5 mil horas de escuchas eran un problema muy grande para Ramos, un suplente, y decidió espera la vuelta de Rafecas, de vacaciones en Uruguay. Mientras tanto, remitió la causa a la Fiscalía Federal 11, a cargo del Fiscal Gerardo Pollicita.

Gerardo Pollicita trabajó con Nisman en la Fiscalía Penal 7 de Morón. Hace veinte años, el jefe de ambos era Santiago Gómez Blanco, actual abogado de James Stiuso, agente que conoció a Nisman durante el copamiento del regimiento de La Tablada.

Pollicita creía que Nisman fue asesinado y la noche de su muerte, le mandó un mensaje de texto a su ex esposa, Sandra Arroyo Salgado, con su pésame para ella y sus hijas. Además, dijo que si la causa caía en sus manos, iba a hacer todo lo posible para llegar hasta el fondo.

El viernes 13 de febrero, y con un contundente fallo, el Fiscal Pollicita decidió hacerle una triple imputación a la Presidenta Cristina Fernández de Kirchner y todos los otros investigados. Los acusaba de encubrimiento por favorecimiento personal agravado por la especial gravedad del hecho precedente y por la calidad de funcionarios públicos, impedimento o estorbo del acto funcional e incumplimiento de los deberes de funcionario público, por lo que podrían ser condenados a un máximo de seis años de prisión.

Pollicita pidió unas 50 medidas de prueba y la desgrabación de las 5 mil horas de audios que presentó Nisman. Le puso gran importancia a las declaraciones del Canciller de Irán Ali Akbar Saleni, quien había dicho que "basado en el Memorándum de entendimiento entre los gobiernos de Argentina e Irán, la Policía Internacional (Interpol), debería renunciar a tener en alerta roja a cuatro oficiales iraníes", (el Ministro de Información Alí Falahian, el jefe de las Guardias Revolucionarias Mohsen Rezai, el agregado cultural de la Embajada de Irán en Buenos Aires Mohsen Rabbani, el secretario de la Embajada de Irán en Buenos Aires, Ahmad Asghari). Aquí Pollicitas remarca que "la disconformidad (de Saleni) con lo resuelto por la Organización Internacional de Policía Criminal, al aclarar que, conforme lo convenido, con la sola firma del acuerdo, Interpol debía hacer cesar las notificaciones rojas. Resulta claro que los iraníes sólo firmaron el Memorando de Entendimiento por haber acordado que ello sería suficiente para dar de baja las notificaciones rojas de Interpol".

Con respecto al Héctor Timerman, Pollicita determina que "el Canciller habría realizado actos con los cuales buscó inducir a la baja de las alertas rojas y, consecuentemente, satisfacer las aspiraciones persas, pero ellos no tuvieron la recepción esperada en Interpol".

El Juez Rafecas se hizo cargo de su Juzgado el 17 de febrero y en 5 días escuchó las 50 mil escuchas, unas 3 mil horas de audio. Decidió desestimar la denuncia de Nisman continuada por Pollicita. "Estoy convencido de que el Gobierno argentino, por lo menos de que no hay ninguna evidencia, que revele que el Gobierno argentino quería perturbar, afectar o encubrir la labor de la Justicia, sino todo lo contrario; la Argentina agotó todas las instancias para lograr que la causa por el atentado avance", dijo ante la prensa.

En un fallo de 89 páginas, Rafecas primero brindó un breve homenaje a Nisman "Desde ese lugar, por mi trabajo cotidiano desde 2004 frente al terrorismo de Estado de la última dictadura, es que reconozco la labor de Alberto Nisman, quien seguramente, como todos, ha cometido errores, quizá algunos errores graves. Pero eso no quita el homenaje y el recuerdo amable, ahora que, lamentablemente, ya no está entre nosotros. Quiero dar aquí, públicamente, mi más sentido pésame a su familia, a sus seres queridos y a sus compañeros de trabajo. En especial, porque es muy difícil lidiar, desde la Justicia, con el mal absoluto. Genera indignación e impotencia constantes. Es una labor inmensa, inaudita y muy desgastante en lo personal, para lo cual un fiscal o un juez nunca está preparado".

Para después comenzar a matar la denuncia del fiscal: "No hay un solo elemento de prueba, siquiera indiciario, que apunte a la actual Jefa de Estado respecto a una instigación o preparación del gravísimo delito de encubrimiento por el cual fuera no sólo denunciada sino también su declaración indagatoria requerida".

Con respecto a las escuchas, señala que "todas las supuestas gestiones, tratativas y negociaciones que la denuncia le adjudica a distintas personas que no integran organismos públicos, quedan circunscritas a la antesala del comienzo de ejecución que requiere el Derecho Penal para su intervención en el marco de las hipótesis delictivas sostenidas".

También deja libre de culpa y cargo a Timerman, ya que están "desvirtuada por completo la infundada versión del Fiscal Nisman según la cual Timerman habría hecho gestiones en Interpol para dar de baja las notificaciones rojas. No existe una sola prueba, un solo indicio que conduzca a sostener la hipótesis del Fiscal, ciertamente agraviante y mortificante, de que Timerman haya siquiera instigado o preparado el camino tendiente a la configuración de un encubrimiento en el atentado a la AMIA"

Pero Rafecas comete un fallo insólito. Pide abrir la feria judicial de enero para que se ejecute su fallo: "Notifíquese a quien corresponda, de ser necesario, mediante cédula urgente con copia de lo resuelto y habilitación de la feria judicial", escribe. O sea, que este artículo fue escrito durante enero, cuando Rafecas todavía no tenía en su poder la denuncia, de la que se hizo cargo el 4 de febrero, cuatro días después de la apertura de la feria y con un subrogante a cargo de su juzgado.

Desde el Juzgado se emitió un comunicado tratando de explicar el error, pero ya era tarde. "El Juzgado desea aclarar, en el marco de la medida de desestimación dispuesta en la denuncia presentada por el Dr. Nisman, que la referencia a la 'habilitación de la feria judicial' se trató de un error material debido a que se suele trabajar sobre modelos o formatos de resoluciones previas, en este caso una de enero, y se omitió retirar esa frase que evidentemente no debía estar allí".

El Fiscal Pollicita apeló ante la Cámara Federal de Apelaciones, segunda instancia del Poder Judicial argentino, basándose en la sospechosa "decisión de proceder al cierre inmediato del sumario, sin realizar ninguna de las medidas que habían sido propuestas en el requerimiento de instrucción, impide contar con información esencial. Resulta prudente y razonable abrir la investigación propuesta por esta Fiscalía para luego poder tomar una decisión sobre el fondo del asunto con la información necesaria a tales fines". Además, remarca la importancia de la continuidad de la acusación para la sociedad, "una hipótesis criminal de inusitada gravedad y trascendencia institucional, como la presentada por el Dr. Nisman, demanda la realización de todos los esfuerzos posibles para intentar alcanzar la verdad real de lo sucedido".

El 9 de marzo, el Fiscal General de la Cámara Federal de Apelaciones, Germán Moldes, decidió avalar la apelación de Pollicita y la denuncia de Nisman.

El 26 de marzo, por dos votos contra uno, los jueces de la Sala I de la Cámara Federal decidieron no dar lugar a la denuncia. Para dos de los jueces, Jorge Ballestero y Eduardo Freiler, fue de todo menos delito. El voto a favor de la investigación fue de Eduardo Farah.

El Juez Ballestero sostuvo que D´Elía, Khalil y Bogado viven una "fábulada idea de ser operadores sin poder de convicción" y que no es necesario investigarlos. También sostiene que "el Memorándum de Entendimiento pudo ser un fracaso para la diplomacia argentina, un error para los anales legislativos, una desilusión para quienes creyeron ver en su texto el avance de la investigación por el atentado, pero de allí a ver forjado en él un maquiavélico plan por encubrir a los responsables de las cientos de víctimas de la voladura de la AMIA existe un abismo. Advertimos que la presentación elaborada por el Dr. Nisman evidencia una antojadiza concatenación de diversos elementos de juicio que no revisten, en sí mismos, relevancia alguna, pero que son encadenados de forma tal que simulen demostrar la hipótesis delictiva sostenida.

Agrega que la visita de los imputados a Tehéran es una cuestión "tangencial" que no reviste importancia.

Eduardo Freiler copia los argumentos de Ballestero. "Advertimos que la presentación elaborada por el Dr. Nisman evidencia una antojadiza concatenación de diversos elementos de juicio que no revisten, en sí mismos, relevancia alguna, pero que son encadenados de forma tal que simulen demostrar la hipótesis delictiva sostenida", sostuvo en su parte del dictamen.

Farah votó en disidencia y fue muy duro con la posición de no dejar investigar el caso. "Es difícil distinguir dónde radica la diferencia entre un acto preparatorio de un hecho (situación que no es punible) de su comienzo de ejecución (que sí es punible). Tan es así, que se trata de una de las discusiones más polémicas en el campo de la doctrina penal y que reproducir todas las posiciones existentes al respecto ameritaría extenderse demasiado sin beneficio a la solución que cabe adoptar aquí. Al haberse desestimado la posibilidad de abrir la investigación sin dar curso a las pruebas requeridas por el Fiscal, no es posible esclarecer si, como alegó esa parte, existió una intención –por razones de alineamiento político o ideológico o por razones de conveniencia comercial, o por otros intereses no conocidos aún pero que la investigación podrá develar- de encubrir a los presuntos autores del atentado a la AMIA facilitándoles un procedimiento que dilatara sine die su juzgamiento y que les permitiera obtener rápidamente el cese de las difusiones rojas de sus capturas a través de Interpol o, por el contrario, si la única finalidad que persiguieron los funcionarios estatales fue lo que ellos interpretaron como un avance del proceso penal seguido en esta jurisdicción merced a la posibilidad de interrogar a los sospechosos a través del mecanismo previsto en el Memorándum de Entendimiento".

Con el fallo negativo en la mano, el Fiscal General Moldes comunicó que apelaría en tercera instancia, ante la Cámara de Casación. Fue entonces que el Gobierno jugó la última carta. El Canciller Héctor Timerman apeló a Moldes y retrasó la entrega del Fiscal en la instancia superior. El 14 de abril a última hora, Moldes fue ratificado en su cargo por Farah, Ballestero y Freiler y se le permitió presentar la apelación. El miércoles 15 de abril a las 13.30, cambiaba el turno entre el Fiscal independiente Ricardo Weschler y el ultrakirchnerista Javier de Luca, integrante de la agrupación Justicia Legítima. Moldes se presentó a las 7.30 en los tribunales de Comodoro Py y entregó el pedido. El cadete que llevaba el escrito se perdió y apareció recién a las 14.45. La investigación de Nisman, en manos de De Luca, estaba oficialmente muerta.

De Luca tomó once puntos para desestimar la denuncia:

-Las capturas nacionales e internacionales de los sospechosos las ordenó el Juez de la causa, y no alguna otra autoridad.

-Carece de relevancia típica si una de las razones del acuerdo fue el restablecimiento o intensificación de las relaciones comerciales o de otro tipo con la República Islámica de Irán.

-No pueden ser considerados actos de conspiración las conductas denunciadas por el hecho de haberse llevado a cabo de manera reservada, porque por su propia naturaleza, las relaciones diplomáticas se llevan a cabo en la más estricta reserva, con lo cual, no es que no se dan a conocer por su objeto espurio, sino porque son reservadas.

-No es la Argentina ni la República Islámica Irán por sí mismos, ni el acuerdo entre ambos países, los que podrán generar automáticamente la baja de las alertas rojas, de modo que, toda construcción argumental respecto de que ése era el nudo del acuerdo, se cae por su propio peso.

-El Memorándum y sus antecedentes no tienen mayor alcance que el de cualquier conducta procesal de cualquier procesado en cualquier causa de la Argentina.

-La "Comisión de la Verdad" no tiene facultades jurisdiccionales, ni incidencia en la causa, más allá de una opinión que el juez puede considerar, por lo que no tiene ningún sentido argumentar sobre la base de que sus conclusiones estarían prearregladas para generar una hipótesis falsa. Fue archivada por Casación Penal l 13 de Mayo.

El Fiscal Moldes señaló que no le "sorprendía el dictamen del Fiscal De Luca. Esta etapa de la denuncia murió, pero yo veo que hay posibilidades de que esto se reabra en otro momento; quizás no este año. Dependerá del próximo Gobierno".

La denuncia de Nisman sobrevivió apenas tres meses más que el Fiscal.

Durante el Gobierno actual, la muerte de Nisman será un suicidio, aunque las pruebas del homicidio sean demoledoras. Paradójicamente, quienes están más cerca de ir a la cárcel no son los magnicidas de Nisman o los encubridores judiciales del asesinato, sino los familiares de la víctima, investigados por evasión impositiva y blanqueo de capitales, por las cuentas que el Fiscal había abierto a sus nombres en el exterior.

23 de enero de 2015
Associated Press

Canciller de Irán Javad Zarif: "No hay nada conspiratorio en la muerte de Nisman. Desafortunadamente, algunas personas tratan de mantener esta teoría viva en Argentina para sacar rédito político. No tiene nada que ver con Irán. Yo creo que es sobre todo es un debate interno político argentino. Es lamentable, pero varios fiscales que fueron acusados de corrupción se han suicidado, como es este caso. Y es lamentable que algunas personas tratan de mantenerlo vivo con el fin de evitar que Irán y Argentina tengan relaciones".

INDICE

www.ingramcontent.com/pod-product-compliance
Lightning Source LLC
Chambersburg PA
CBHW072346020726
47506CB00004B/1020